丘修三

児童文学作品集

もくじ

短編 55

装画・本文カット
丘　修三

幼年童話

おへそ

ほいくえんで、タッくんと
コウちゃんは　けんかになりました。
「おまえのかあちゃん、でべそ！」
と、コウちゃんが　いいました。
「でべそじゃ　ないもん！」
するとコウちゃんが、また、
いいました。

「おまえのとうちゃん、でべそ！」

それで、タッくんも　いいました。

「コウちゃんちのかあさん、でべそ！」

そしたら、

「ざんねんでした。おれんち、かあちゃん、いねぇもん」

コウちゃんは　そういって、アッカンベーをしました。

そうでした。

コウちゃんちの　おかあさんは、しんじゃって　いなかったのです。

でも、くやしかったから、タッくんは

いってやったんです。

「コウちゃんのおへそは、でべそ!」

そしたら、コウちゃんが、あれって
かおをして　いいました。

「どうして　しってんだよ?」

タックんが　ポカーンとしていると、

「ほおら!」

といって、コウちゃんが　シャツを
めくりました。

おなかの　まんなかに、ポコンと
アメだまみたいなのが　ついていました。

「あっ、でべそ!」

タッくんは　びっくり。
コウちゃんは　おなかを　だしたまま
ちかづいて　きました。
「さわってみな」
「ほんとに　さわっても　いい？」
「うん。タッちゃんなら　いい」
ゆびで　そっとさわったら、
マシュマロみたいに　やわらかでした。
「おしてみな」
「いたくない？」
「へーき、へーき」
おすと　プクンと　ひっこみます。

あわててはなすと、ポコンと
もとに　もどりました。

「な、すごいだろ」

「うわぁ！　おもしろーい！」

もういちど　おそうとしたら、

「ダメ！」

コウちゃんは、パッと　シャツを
おろしました。

「なんども　さわっちゃ　ダメ。

かあちゃんが　はいってるんだからな」

「えっ、おかあさんが　はいってるの？」

「うん。とうちゃんが　いったんだ。

おまえのおへそが　おおきいのは、
かあちゃんが　はいってるからだって。
だから、おれ、だいじにしてるんだ」
「そうか、コウちゃんの　おかあさんは
あそこにいるんだ。だから、コウちゃん、
いつも　げんきなんだ。
ときどき、おなかに　てをあてているのは、
おかあさんと　おはなしを
しているんだな、きっと。
タッくんは　そうおもいました。

うちへ　かえってから、タッくんは

じぶんの　おへそを　みてみました。

ペコンと　へっこんでいて、コウちゃん
みたいに　りっぱじゃ　ありません。

「なにみてるの？」

と、おかあさんが　ききました。

「おへそ」

「おへそ？」

「うん。コウちゃんの　おへそはね、
こんなにおおきいんだ」

タックんは　りょうてで　マルを
つくりました。

「そこにね、しんじゃった　おかあさんが

はいってるんだって。ぼくも、あんな
おへそが　ほしいなぁ」
「え、どうして？」
「だってぇ……」
「あ、わかった。いつも、おかあさんの
そばに　いたいんでしょう？」
タッくんが　モジモジしていると、
おかあさんは　にっこりわらって、
「おかあさんは、いつも　タッちゃんと
いっしょよ」
といって、タッくんを　ぎゅっと
だきしめました。

一　あめあめ　ふれふれ

①

トモくんの　四《よん》さいの　たんじょうびに、おばあちゃんから、プレゼントがとどきました。

パンダのえのついた　かさと、ながぐつ。

トモくんは　うれしくて、すぐ、

ながぐつをはき、かさをさして、へやの
なかを　うたいながら　あるきました。
あめあめ　ふれふれ
　　　　ランランラン
あめあめ　ふれふれ
　　　　ランランラン
すると、四《よ》ねんせいの　おにいちゃんが、
こわいかおをして、すっとんできました。
「そんなうた、うたうな！」
「ん？」
トモくんが　キヨトンと　していると、
「おれたち、あさって、えんそくなんだぞ。

あめが　ふったら、いけなくなるだろ！」
トモくんは　シュンとなりました。
すると、おかあさんが　いいました。
「こうえんにでも　いってきたら」
そとは、ポカポカ　おひさまが
てっていましたが、トモくんは
かさをさして、ながぐつをはいて、
こうえんへ　いきました。
あめあめ　ふれふれ
ランランラン
あめあめ　ふれふれ
ランランランラン

おおごえで　うたってあるいていたら、
ともだちの　ユミちゃんに
あいました。
「トモくん、へんだよ。あめ、
ふってないよ」
「いいんだもーん」
あめあめ　ふれふれ
　　　　　ランランラン
あめあめ　ふれふれ
　　　　　ランランラン
トモくんは、もっと　おおきなこえで
うたって、あるきました。

②

ところが、つぎのひ、ほんとうに
あめになって　しまったのです。
「トモが、あんなうた　うたうからだ」
おにいちゃんが　トモくんを
にらみました。
「あした　あめだったら、おまえのせい
だからな。せきにんとれよな」
「せきにんとれ」って、どういうこと？
トモくんは、しんぱいです。
ママに　そうだんしたら、

「いっしょに、てるてるぼうずを　つくろう」
と、いいました。
「うん！」
トモくんは、ママと
てるてるぼうずを　つくりました。
おにいちゃんも　やってきて、
三《さん》にんで、てるてるぼうずを
たーくさん　つくりました。
へやが　てるてるぼうずで
いっぱいに　なりました。
「わぁ、てるてるぼうずが　いっぱい！」
トモくんは　たのしくなって

ピョンピョン　とびはねました。
「これだけおねがいすれば、あしたは
きっと　はれるぞ」
と、おにいちゃんが　いいました。

つぎのあさ、おにいちゃんは、
へやのカーテンを　あけて、

「やったー！」

とさけびました。

とても　いいてんきです。

「おにいちゃん、えんそくいけるね」

「うん！」

おにいちゃんは　ニッコニコです。
トモくんも　うれしくなりました。
「おにいちゃん、あめあめ　ふれふれ、
もう、うたってもいい？」
「うん、いいよ。百《ひゃっ》かいでも　千《せん》かいでも！」
おにいちゃんは　あさごはんを　たべると、
リュックを　せおって、げんきに
とびだしていきました。

③

トモくんは　パンダのかさを　さし、
パンダのながぐつを　はいて、

こうえんへ　でかけました。
　あめあめ　ふれふれ
　　　ランランラン
　あめあめ　ふれふれ
　　　ランランラン

「トモくーん」
「あ、ユミちゃん」
「あたしもいくー」
ゆみちゃんは、ネコのえのついた
かさを　さし、ネコのえのついた
ながぐつを　はいています。
「あ、ネコちゃんだ」

「パパが　かってくれたの」
「かわいいね」
ユミちゃんが、ニコッと
わらいました。
　ふたりでならんで
うたいながら　あるきます。
　あめあめ　ふれふれ
　　　　ランランラン
　あめあめ　ふれふれ
　　　　ランランラン
　こうえんには、みずあそびばが
あります。

ふたりは　くつのまま　はいります。
ジャブ　ジャブ　ジャブ
トモくんが　みずを　パシャンと
とばしました。
「あ、つめたい！」
こんどは　ユミちゃんが　とばします。
「やったな。おかえし！」
バシャン　ピシャン
ピシャン　バシャン
ふたりとも、びっしょびしょに
なりました
「あめに　ぬれたみたいだね」

「おもしろかったね」
ふたりは　ベンチにならんで、
ふくを　かわかしました。
それから、また、
あめあめ　ふれふれ
　　　　ランランラン
あめあめ　ふれふれ
　　　　ランランラン
ふたりでうたいながら、かえりました。

トンネルほり

「カンタくん、おやまを　つくろう」
「よし、どっちが　おおきな　やまを
つくれるか、きょうそうだ！」
ふたりは　すなばの　あっちとこっちで、
すなの　やまを　つくりはじめました。
ツヨシは　シャベルで
サックサック　トントントントン

カンタは　どこからか　いたを
ひろってきました。
そして、ブルドーザーみたいに
ザザザーっと、たくさん　すなを
あつめます。

サックサック　トントントン
サックサック　トントントン
ザザザーザザザー
　　　　ドンドンドン
ザザザーザザザー
　　　　ドンドンドン

「できたぞ！」

とカンタが　いいました。

「ほら、みろ。おれのほうが
おおきいぞ。おれの　かち！」

カンタの　おやまは、ツヨシのより
ずーっと　おおきい　おやまです。

ツヨシは　ちょっと　くやしくて、

「ぼく、トンネルつくろうっと」

といいました。

「えっ、トンネル？」

「そ。トンネルつくって、ミニカー
はしらせるんだ」

「よし、トンネルだ、トンネルだ」

ふたりは　すなの　おやまに　トンネルを
ほりはじめました。
カンタの　おやまは　おおきいけれど
やわらかすぎて、トンネルを　ほろうと
すると、すぐ　くずれてきます。
「ちぇっ！　ちぇっ！　ちぇっ！」
なんどやっても、くずれます。
カンタは　だんだん　はらがたって
きました。
「えーい、やめた、やめた」
そういうと、カンタは、すなの　おやまを
ふんずけはじめました。

そのときです。
「できた！　カンタくん、みてみて、
ほら、トンネル　できたよ！」
とツヨシが　さけびました。
「ほら、むこうが　みえるよ」
ツヨシの　すなの　やまには　すてきな
トンネルが　できています。
みているうちに　カンタは、くやしく
なってきました。
「なんだ、こんなの！　トンネルなんて
つまんねぇ！」
そういうと、カンタは　ツヨシの

おやまを　ふんずけました。
「あっ、ダメ！　なにすんだよー、
カンタくん！」
　あっというまに、トンネルは
つぶれてしまいました。
「カンタくんの　いじわる！」
「なくぞ、なくぞ。なきむしツヨシが
なくぞ」
　ツヨシは　くやしくて　くやしくて
なりません。
　ないちゃだめだと　おもったのに、
めからなみだが、ポロリと　こぼれました。

「やっぱり　ないた」
とカンタが　いいました。
「おれ、ブランコ　のってこよーっと」
カンタは　ブランコのほうへ
はしっていきました。
ツヨシは　なみだをふくと、もういちど、
すなのやまを　つくることに　しました。
こんどは、じょうろで、すこし　みずを
かけて、もっとじょうぶな　おやまを
つくることに　しました。
サックサック　チョロチョロ
トントントントン

サックサック　チョロチョロ
　　　　　　　　トントントン
かたくて　じょうぶな　おやまを
つくります。
「よし、できた！　こんどは　でんしゃだって
とおれる　トンネルを、つくるぞ」
ツヨシは、トンネルを　ほりはじめました。
そこへ、カンタが　もどってきました。
「おっ！」
りっぱなおやまです。
カンタは、ちょっぴり　うらやましい
きもちで　みていました。

すると、
「カンタくん　そっちのほうから
ほってよ」
とツヨシが　いいました。
「よし、ほってやる」
サッサカ　サッサカ
　　　　サッサカ　ホイ！
カンタは　へんなうたを　うたいながら
ほりはじめました。
あっちと　こっちから　トンネルを
ほります。
サッサカ　サッサカ

サッサカ　ホイ！

ツヨシも　ちょうしを　あわせます。

「サッサカ　サッサカ　サッサカ　ホイ！」

「あっ！」

トンネルのなかで、ツヨシのゆびが

カンタのゆびに　さわりました。

すると、カンタが、

「こんにちは！」

といいました。

「こんにちは！」

とツヨシもいいました。

それから、カンタの　てのひらを
コチョコチョ　コチョコチョっと
くすぐりました。
「ウフフフフ！」
とわらって　カンタが　いいました。
「さっきは　ごめんな」

コンタとタロキチ

キツネのコンタと　タヌキのタロキチは
ともだちです。
でも、いつもなかよしと　いうわけには
いきません。
ときどき、けんかになることも
あります。

あるひ、タロキチは、コンタのうちへ
あそびにいきました。

「コンタくん、おえかきしようよ」

「よし、やろうぜ」

「ぼく、カブトムシを　かこうっと」

と、タロキチがいいました。

「おれは　クワガタだ」

ふたりは　クレヨンで、かきはじめました。

フンフン、フンフン。

タロキチは　はなをならしながら、
かきました。

ジャンガジャンガ、ジャンガジャンガ。

コンタは、でたらめうたを
うたいながら、かきました。
しばらくしてから、コンタは、
タロキチのえを　のぞきました。
りっぱな　つのをもった
カブトムシです。
だれがみても、カブトムシです。
コンタは、じぶんのかいた
クワガタを　ながめました。
ダンプカーみたいな、でかい
クワガタです。
どうみても、タロキチのえが

じょうずにみえます。

コンタは「よーし！」と、きあいをいれて、また、かきはじめました。

ところが、かけばかくほど、えがへんになっていくのです。

だんだん、まっくろけになってしまいます。

すると、タロキチが　たのしそうに、はなをフンフン、フンフンならすのが、きにさわってきました。

「うるさい、だまってかけ！」

コンタがどなりました。

「コンタくんだって、ジャンジャガ、ジャンジャガ、うるさいよ」

「おまえのほうが　うるさいんだよ！」

「コンタくんだって、へんなうたうたって、うるさいもん」

「うるさい、うるさい、うるさい！」

そこで、ふたりは　だまってかくことにしました。

しばらくして、タロキチが、

「できた！」といいました。

コンタは　チラッと　そのえをみました。

カブトムシが　じょうずに　かいて

ありました。
　くやしいけれど、コンタも
うまいと　おもいました。
　コンタのえは、すっかり
まっくろけになって、とても
クワガタには　みえません。
　おおきな　くろいイシみたいです。
「なに、これ？」
と、タロキチがいいました。
「クワガタ……」
「え、これ、クワガタ？　まっくろ
カラスの　カンザブローみたい」

じぶんでも　ヘタだと　おもっている
とき、ひとから　そんなことを
いわれたら、あたまにきます。
クワガタを　かいたつもりなのに、
「まっくろカラスの　カンザブロー」
だなんていうのです。
コンタはカチンときて、
「なんだ、こんなの！」
というなり、もっていた　あかいクレヨンで、
タロキチのえに、おおきなバッテンを
かきました。
「あーっ、だめっ！　なにすんだよぉ！」

せっかくかいたえが、だいなしです。
とてもよくかけた　とおもったえが、
めちゃめちゃです。
「ぼくのカブトムシが……」
たちまち　タロキチのめに、なみだが
あふれました。
くやしくて、かなしくてなりません。
タロキチは　なきながら、かえって
いきました。
「ちぇっ、すぐなくんだから」
コンタは　タロキチのえを、チラッと
みました。

じぶんがかいた　あかいバッテンが、
タロキチのカブトムシの　せなかや
かおを　つぶしています。
コンタは、ちょっと
やりすぎたかな、とおもいました。
いつも、やってしまってから、
いけないことをしちゃったと、
おもうのです。
「おえかきなんて、だいっきらい！」
コンタはあみをもって、ほんものの
クワガタをとりに　でかけました。

もりを　かけめぐって、おおきな
カブトムシと　クワガタを　一《いっ》ぴきずつ
つかまえました。
……そうだ、このカブト、タロキチに
もってってやろう。
そうおもって、カブトムシをつまんで、
「あれっ？」
とおもいました。
コンタは　うちへかえって、つくえの
うえの　タロキチのえと　みくらべました。
とてもじょうずに　かけているけど、
ちょっと　ちがうきがします。

コンタは　よーく　みくらべました。
「あ、まちがい、はっけん！　あしの
ついているところが　ちがう！」
コンタは　だいはっけんを
したような　きぶんでした。
「あ、もうひとつ、
まちがい　はっけん！」
カブトムシのめは、よこっちょに
ついています。
タロキチが　かいているところと
ちがいます。
コンタは、カブトムシを　めのまえに

おいて、あたらしいがようしに、かきはじめました。

　よーくみて、あしやつののかたちや、ついているところを　たしかめながら、かきました。

　すると、じぶんでも　びっくりするくらい、じょうずなえが　できあがりました。

「これでOK《オーケー》。タロキチに　おしえてやろう」

　コンタは、カブトムシと　クワガタのはいったかごと、カブトムシのえをもって、タロキチのうちへ　いきました。

「タロキチくーん、あそぼ！」
でも、へんじがありません。
なんどもよびましたが、タロキチは
でてきません。
きっと、おこっているに
ちがいありません。
……おれが　タロキチのえを、
ダメに　しちゃったんだからな。
おこるの　あたりまえだよ。
コンタは、じぶんのかいたえと、
ムシのはいったかごを　おくと、
しょんぼり　かえっていきました。

しばらくして、ドアがあきました。
タロキチが　そうっと　かおを
だしました。
「わぁ、カブトと　クワガタだ！」
ドアのまえに　ムシのはいったかごと
カブトムシのえが　ありました。
「あ、すごーい！　これ、ほんものの
カブトムシみたい！」
タロキチは、えと　ムシかごをもって、
はしりだしました。
「おーい、コンタくーん！」
タロキチは　かけにかけました。

やっと、コンタにおいつくと、

「コンタくん、これ、すごいね！」

といいました。

「ほんものみたいに、よくかけてる！」

コンタは　てれくさそうに、あたまを
かきました。

「よくみて　かいたんだ」

「うん、じょうずにかけてる」

「おまえのえに　バッテンかいたりして、
ごめんな」

それから、ムシかごを　ゆびさして
いいました。

「それ、もりでとってきたんだ。あげる」
「ありがとう」
ふたりは　かおをよせて、ムシかごの
なかを　のぞきこみました。
「あのな、カブトのあしは、ほら、まえを
むいているのと、うしろをむいてるのと、
ついてるところが　ちがうんだ」
「ほんとだ。コンタくん、すごい。
ぼく、いままで　きがつかなかったよ」
「それから、もうひとつ、はっけん
したんだ」
コンタは　はなを　ヒクヒクさせて

いいました。
「おまえ、めを　せなかのところに
かいていただろう。でも、よくみてみろよ。
めは　ここんとこに　ついてるんだぞ」
　そういって、じぶんの　みみのうえを、
ゆびでさしました。
「え、ほんと？」
　タロキチは　かごに　かおをちかづけて、
カブトをみました。
「ほんとだぁ。コンタくん、
だいはっけんだね！」
「おれ、そのえ、よーくみて　かいたんだ」

「すごく、よくかけてる！
コンタくんは、えがじょうずだね！」
コンタはてれくさくて、しっぽを
プルンとふって、
「えへへへ」
とわらいました。

短編

兄《にい》さんの声《こえ》

①

八歳上《さいうえ》の兄さんが冬山《ふゆやま》で死《し》んだのは、ぼくが、五年生《ねんせい》のときでした。大学受験《だいがくじゅけん》を終《お》えて、高校最後《こうこうさいご》の冬登山《ふゆとざん》に、山岳部《さんがくぶ》の仲間《なかま》三人《にん》で出《で》かけ、雪崩《なだれ》にあって遭難《そうなん》したのです。

三人とも雪崩に巻《ま》きこまれたのですが、死んだのは兄さんだけでした。あとのふたりは、雪《ゆき》にはじき飛《と》ばされ、自力《じりき》で脱出《だっしゅつ》できたのですが、兄さんは谷底《たにぞこ》まで流《なが》され、雪の下《した》にとじこめられたまま、行方《ゆくえ》不明《ふめい》になったのでした。

人《ひと》の力《ちから》ではどうしようもないほどの大量《たいりょう》の雪《ゆき》の下《した》。手《て》のつけようもなく、兄《にい》さんの遺体《いたい》は、初夏《しょか》まで谷《たに》にうまったまま、雪解《ゆきど》けを待《ま》つよりほかなかったのです。

父《とう》さんは何度《なんど》も兄さんの眠《ねむ》る谷間《たにま》まで出《で》かけては、いつも肩《かた》を落《お》として帰《かえ》ってきました。

父さんも母《かあ》さんも、きゅうに無口《むくち》になり、母さんはぼくが学校《がっこう》から帰ってくると、ひとりぼんやり外《そと》を見《み》ていることが多《おお》くなりました。

ぼくのいないところで、泣《な》いていたのかもしれません。そして、母さんはとうとう寝《ね》こんでしまいました。

中学生《ちゅうがくせい》の姉《あね》は、土曜《どよう》、日曜《にちよう》も出かけることなく、母さんのそばにいるようにしていました。

家族《かぞく》のかすかな期待《きたい》も、しだいに絶望《ぜつぼう》にかわっていきました。

しかし、父《とう》さんも母《かあ》さんも、兄《にい》さんの死《し》をみとめたくないのか、兄さんの葬儀《そうぎ》の話《はなし》はいっさいしませんでした。自分《じぶん》たちの目《め》で確《たし》かめるまでは、兄さんの死《し》を信《しん》じたくなかったのでしょう。

中学生《ちゅうがくせい》の姉《あね》にとっても、自慢《じまん》の兄さんでしたから、遭難《そうなん》を知《し》らされてからしばらくは、ごはんものどを通《とお》らないようすでした。

ひと月《つき》が立《た》ち、ふた月目に入《はい》って、かすかな期待《きたい》もしだいにあきらめにかわっていきました。そして、家族《かぞく》のショックも、徐々《じょじょ》にうすらいできた三月《がつ》のある日《ひ》、思《おも》いがけない郵便物《ゆうびんぶつ》が、わが家《や》にとどきました。

兄さんが受験《じゅけん》していた大学《だいがく》から、合格《ごうかく》の通知《つうち》がとどいたのです。喜《よろこ》びの知《し》らせであるはずなのに、家族中《じゅう》が再《ふたた》び悲《かな》しみにおちいりました。

父さんはその通知を前《まえ》に、くちびるをかんで涙《なみだ》ぐみ、にぎりしめた両《りょう》のこぶしをブルブルとふるわせていました。

母《かあ》さんはその知《し》らせを胸《むね》にだきしめると、子《こ》どものように体《からだ》をよじって泣《な》きました。

父《とう》さんと母さんのその姿《すがた》に、ぼくも姉《ねえ》さんも声《こえ》をあげて泣《な》いたのでした。


ぼくはひとりになると、兄《にい》さんの笑顔《えがお》を思《おも》いだしました。

エンジニアになって、発展途上国《はってんとじょうこく》の人々《ひとびと》の役《やく》に立《た》つ仕事《しごと》をしたいと話《はな》していた兄さん。

そのために大学《だいがく》の工学部《こうがくぶ》を受験《じゅけん》して、合格《ごうかく》していた兄さん。

兄さんはその夢《ゆめ》の実現《じつげん》のために、大学入試《にゅうし》という第一《だいいち》の壁《かべ》を乗《の》り越《こ》えていたのに、雪崩《なだれ》によってその夢を、一瞬《いっしゅん》のうちにたたれてしまったのです。兄さんのくやしさを思うと涙《なみだ》がこみあげてきました。

春《はる》もおそく、ようやく谷間《たにま》の雪《ゆき》が解《と》け、兄《にい》さんはやっとのこと家《いえ》へもどってきました。

悲《かな》しみがまた、家族《かぞく》をおおいました。

つらい葬儀《そうぎ》でした。

それからひと月《つき》ばかりたったころ、学校《がっこう》の山岳部《さんがくぶ》の人《ひと》たちが中心《ちゅうしん》になって、兄さんの慰霊碑《いれいひ》を、山《やま》の中腹《ちゅうふく》に作《つく》る話《はなし》が持《も》ちあがりました。

その話がトントン拍子《びょうし》で進《すす》み、その年《とし》の秋《あき》、雪《ゆき》の降《ふ》る前《まえ》に、遭難《そうなん》した山の中腹の登山道《とざんどう》のわきに、黒御影石《くろみかげいし》でできた慰霊碑がたちました。

碑《ひ》には、兄さんが残《のこ》した登山日誌《とざんにっし》の一文《いちぶん》が、白《しろ》い文字《もじ》できざまれていました。

『ぼくは山に登《のぼ》るたびに、生《い》きていることを実感《じっかん》する。木々《きぎ》の緑《みどり》、高《たか》い空《そら》、すんだ空気《くうき》、峰々《みねみね》の気高《けだか》さ、一歩《いっぽ》一歩ふみしめて登る苦《くる》しさの向《む》こうに、その苦《くる》しみをはるかにしのぐ喜《よろこ》びがまっている。ぼくはそれを目《め》指《ざ》して歩《ある》く。苦しみが大《おお》きければ大きいほど、それを克服《こくふく》した喜びも大きい。ぼくが登山《とざん》に人生《じんせい》を感《かん》じるのはそんなときだ。』

②

ぼくが父《とう》さんといっしょに、その山《やま》に登《のぼ》ったのは、翌年《よくとし》の夏休《なつやす》みのことでした。

山の中腹《ちゅうふく》にたった兄《にい》さんの慰霊碑《いれいひ》に花《はな》をささげ、それから頂上《ちょうじょう》の山《やま》小屋《ごや》で一泊《ぱく》。つぎの日《ひ》、そこから遭難現場《そうなんげんば》まで足《あし》をのばして、花と線香《せんこう》をあげる予定《よてい》でした。

こんな高《たか》い山に登るのが初《はじ》めてのぼくにあわせて、父さんはゆっくりした足取《あしど》りで登ってくれました。それで山小屋にたどりついたのは、もう夕刻《ゆうこく》になっていました。

小屋《こや》にはぼくらのほかにも、何組《なんくみ》かの登山者《とざんしゃ》が来《き》ていました。

父《とう》さんは休《やす》む間《ま》もなく、夕飯《ゆうはん》のしたくにかかり、さっそくお湯《ゆ》をわかしはじめました。

ぼくはたきぎをひろって、小屋の外《そと》の、石造《いしづく》りのかまどまではこびました。そのとき、かまどの前《まえ》で火《ひ》をおこしていた父さんが、ぼくをふりむいて、みょうなことをいったのです。

「しげる、あの人《ひと》から目《め》をはなすな」

父さんの目の先《さき》を見《み》ると、二十メートルばかりはなれた岩《いわ》の上《うえ》に青年《せいねん》がひとり、ほっそりとした背中《せなか》を見せて、うずくまっていました。

その人は、西日《にしび》を受《う》けて輝《かがや》いている峰々《みねみね》を、じっとながめているようでした。ぼくは父さんのことばの意味《いみ》がわからず、

「どういうこと?」

と、聞《き》きなおしました。

「あの人《ひと》、どこか変《へん》だと思《おも》わないか？」

父《とう》さんにそういわれて、よく見《み》ると、たしかに変なところがあります。

その青年《せいねん》の服装《ふくそう》です。まるで会社《かいしゃ》へ出《だ》かけるみたいな服装なのです。白《しろ》いワイシャツにふつうのズボン。それに、山登《やまのぼ》りするにはふさわしくない、革靴《かわぐつ》をはいていたのです。

「あんな格好《かっこう》で、山に登るか？」

「……ちょっと変だね」

でも、ぼくは、父さんがなにを気《き》にしているのか、よくわかりませんでした。

「山に行《い》く予定《よてい》じゃなくて、ふっと登ってみたくなっちゃったのかもしれないな」

父さんは、ぼくがひろってきた木《き》の枝《えだ》をかまどに入《い》れながら、ひとりごとのようにいいました。

「しげるには、まだ、わからないかもしれないが、人《ひと》は、どんなとき、そんな気持《きも》ちになるか……」

父《とう》さんのナゾめいたことばは、ますますぼくを混乱《こんらん》させました。なにもわからないまま、ぼくは父さんのいいつけを守《まも》って、その青年《せいねん》から目《め》をはなさないようにしていました。

青年はむきを変《か》えて、今度《こんど》は山《やま》の陰《かげ》に夕日《ゆうひ》が落《お》ちていくのを、長《なが》い間《あいだ》、じっと見《み》つめていました。

やがて太陽《たいよう》が西《にし》の山に落ちると、あたりはたちまち暗《くら》くなりきゅうに寒《さむ》くなってきました。青年はやっと立《た》ちあがり、体《からだ》をちぢこませて山小屋《やまごや》の中《なか》に入《はい》っていきました。

すると、父さんがぼくにいいました。

「しげる、あの人を呼《よ》んできなさい。いっしょに、めしを食《た》べましょうって」

ぼくは小屋《こや》へ飛《と》んでいきました。青年《せいねん》は部屋《へや》のすみにひとりはなれて、菓子《かし》パンを食《た》べようとしているところでした。

父《とう》さんのことばを伝《つた》えると、青年は、一瞬《いっしゅん》、

「えっ？」という顔《かお》をしましたが、パンの入《はい》ったふくろをかかえてついてきました。

「つれてきたよ」

父さんはまきをくべながら、その青年をチラッと見《み》ていいました。

「火《ひ》にあたりなさい。ひとりでめしを食《く》うのもつまらないだろう」

「はあ、すみません」

青年はペコンと頭《あたま》をさげると、父さんから少《すこ》しはなれたところへ腰《こし》をおろしました。

「山《やま》の夜《よる》は、夏《なつ》でも寒《さむ》い。こっちへ来《き》て、いっしょに、あったかいめしを食べよう」

青年《せいねん》は父《とう》さんのことばにさからわず、かまどの方《ほう》に腰《こし》をうつしました。父さんは、お湯《ゆ》で温《あたた》めたごはんとカレーを、紙《かみ》のおさらにもりつけました。

青年はもくもくと食《た》べていました。食後《しょくご》には、青年のパンを分《わ》けてもらい、温かいコーヒーにミルクをたっぷり入《い》れて飲《の》みました。燃《も》える火《ひ》を見《み》ると、人《ひと》はだれでも無口《むくち》になるみたいで、父さんも青年も、だまって燃えさかる火を見つめていました。

青年はコーヒーを飲み終《お》えても、すぐには腰をあげず、といっておしゃべりをするわけでもなく、ただだまって火のそばにうずくまっていました。

③

たき火《び》のあたたかさと昼間《ひるま》の疲《つか》れから、ぼくがトロトロとしかかったころ、父《とう》さんが口《くち》を開《ひら》きました。

「きみ、山登《やまのぼ》りに来《き》たんじゃないんだろ？」

青年《せいねん》はうつむきかげんに、じっと火《ひ》を見《み》つめたままです。

「なにか、話《はな》したいことはないかい？」

パチパチと火がはじける音《おと》だけがひびきます。

「きみのその服装《ふくそう》を見たとき、ぼくはただの登山者《とざんしゃ》じゃないなと思《おも》ったんだ」

青年は燃《も》えさかる炎《ほのお》をじっと見つめているばかりで、なかなか口を開きませんでした。

ぼくは、父さんがなにを言《い》いたいのか、青年がなぜ口をきかないのかも、さっぱりわからないまま、息《いき》がつまるような空気《くうき》を感《かん》じていました。

「まさかとは思うが、死《し》ぬ気《き》ではないだろうね？」

ぼくは父さんのことばにびっくりして、思わず、青年の顔《かお》を見ました。

すると、青年《せいねん》がうつむいたまま、重《おも》い口《くち》を開《ひら》いて、ポツリといいました。

「死《し》ぬ気《き》でした……」

ぼくはもう眠気《ねむけ》などふっとんで、青年と父《とう》さんの顔《かお》を見《み》ていました。

父さんはちっともおどろいたようすも見せず、やっぱりそうかと思《おも》ったのか、だまってうなずいていました。

「でも」

と、青年が顔をあげていいました。

「でも、考《かんが》えなおしました。もう死ぬことは考えていません。生《い》きてみようと思います。明日《あした》、山《やま》をおりようと思っています」

「そうか……よかった。それはよかった！」

父さんがホッとほほえみました。

「どうして死のうと思ったのか、話《はな》してみないか？」

青年《せいねん》は手《て》に持《も》った木《き》の枝《えだ》で、目《め》のまえの灰《はい》をいじりながら、けんめいにことばを探《さが》しているようでした。そして、

「なんにもとりえがないんです、おれは」

と、かすれた声《こえ》でいいました。

「からだも弱《よわ》いし、見《み》ばえもしない、頭《あたま》もよくない。それに、大学受験《だいがくじゅけん》に二度《ど》も失敗《しっぱい》して……学歴《がくれき》もない。この先《さき》、生《い》きていたっていいことなんて、なにもないと思《おも》ったんです。おれみたいな人間《にんげん》は、生きている意《い》味《み》がないって……」

青年の声がふるえました。

「生きていてもしょうがないと思って、今日《きょう》、死《し》ぬつもりでこの山《やま》に登《のぼ》ってきたんです。ところが、途中《とちゅう》で……」

青年が顔《かお》をあげました。

父《とう》さんを見つめる目がうるんでいました。

「途中《とちゅう》で、おれに、生《い》きろ、生きろっていう声《こえ》が聞《き》こえたんです」

「声？　だれかがきみにそういったのかい？」

「登山道《とざんどう》の途中に、慰霊碑《いれいひ》があったんです」

青年《せいねん》のことばに、父《とう》さんの表情《ひょうじょう》が変《か》わりました。

「その慰霊碑がどうかしたのか？」

「あれは新《あたら》しかったから、最近《さいきん》たてたものかもしれません。どこかの高校《こう》の登山部《とざんぶ》の方《かた》が、この山《やま》で亡《な》くなったんですね。おれより若《わか》い人《ひと》が死《し》んだんですね」

「あの慰霊碑がどうかしたのかね？」

父さんの表情が真剣《しんけん》で、声がかすれて聞こえました。

「おれ、なんとなくあの碑に書《か》いてあった文《ぶん》を読《よ》んだんです。脳天《のうてん》をガーンとぶったたかれたような気《き》がしました」

「あの碑文《ひぶん》が……！」

「人生《じんせい》に立《た》ち向《む》かおうとしていた人《ひと》が、それもおれより若《わか》い人が、ここで命《いのち》を絶《た》たれた。それなのに自分《じぶん》は、自分から命を捨《す》てようとしている。本気《ほんき》で戦《たたか》いもせず、あっさりギブアップをして……」

青年《せいねん》は苦《くる》しそうな顔《かお》でとつとつと話《はな》しました。

父《とう》さんはうつむきかげんにじっと火《ひ》を見《み》つめていました。

「おれは山道《やまみち》を登《のぼ》りながら、涙《なみだ》が止《と》まりませんでした。死《し》んだその人が生《い》きろ、生きろとおれをはげますのです。あれは神《かみ》の声《こえ》だったんでしょうか。神さまがあの人の声をおれに伝《つた》えてくれたんでしょうか……」

父さんは顔をあげ、ぼくになにかいおうとしましたが、なにもいえず見開《みひら》いた瞳《ひとみ》がうるんで見えました。

しばらくして、父さんは、声をふりしぼるようにしていいました。

「それは、本当《ほんとう》に神さまの声だったんだよ」

ぼくにいったのか、その青年にいったのかわからなかったけれど、父

さんは、

「死《し》んではいけない、生《い》きていけって……」

と、いったのです。

④

あくる朝《あさ》、ぼくたちが食事《しょくじ》を作《つく》っていると、あの青年《せいねん》がやってきました。今《いま》から山《やま》をおりるというのです。

父《とう》さんは食事《しょくじ》をしていかないかとすすめましたが、青年は笑《わら》っていいました。

「ありがとうございます。でも、下《した》でうまいものを食《く》いますから」

「はははは、そうか、そうだな。うまいものを食えるのも、生きていればこそだぞ」

「そうですね、たしかに。それじゃ……」

「元気《げんき》でな。二度《にど》と死《し》ぬなんて考《かんが》えるなよ。自分《じぶん》の人生《じんせい》だ、大切《たいせつ》にな。死ぬなんて、親不孝《おやふこう》だぞ！」

「はい。ありがとうございました」

青年《せいねん》は晴《は》れ晴《ば》れとした声《こえ》で答《こた》えると、深々《ふかぶか》と頭《あたま》をさげました。それから、何度《なんど》もふり返《かえ》りながら、山《やま》をおりていきました。

ぼくたちは青年の姿《すがた》が見《み》えなくなるまで、手《て》をふって見《み》おくりました。

父《とう》さんの目《め》に涙《なみだ》が光《ひか》っていました。父さんはきっと、あの青年に兄《にい》さんの姿をかさねていたにちがいありません。そして、兄さんの魂《たましい》が、青年の体《からだ》の中《なか》に、よみがえったような気《き》がしていたのかもしれません。

快晴《かいせい》の空《そら》の下《した》、山々《やまやま》はさんさんと輝《かがや》いて見えました。

「さあ、いくぞ！」

父さんのはりきった声。

ぼくたちは、兄《にい》さんの眠《ねむ》っていた谷《たに》へ出発《しゅっぱつ》しました。ぼくは父《とう》さんのあとを歩《ある》きながら、兄さんの笑顔《えがお》を思《おも》いだしていました。

あの青年《せいねん》に聞《き》こえた兄さんの声《こえ》が、ぼくにも聞こえるような気《き》がしました。

「苦《くる》しみが大《おお》きければ大きいほど、それを克服《こくふく》したときの喜《よろこ》びも大きい。しげる、苦しくとも、生《い》きていけよ。おれの分《ぶん》まで」

見《み》あげると、峰《みね》の上《うえ》に、どこか兄さんの横顔《よこがお》に似《に》た白《しろ》い雲《くも》が、ポツンとひとつ浮《う》いていました。

掌編

宿《しゅく》題《だい》

こたつでプリントを広《ひろ》げていると、むかい側《がわ》でいねむりをしていたじいちゃんが、顔《かお》をつきだして「宿題か？」といった。

「うん。毎日《まいにち》あるから、やんなっちゃうよ」

「そうか。でも、まあ、勉強《べんきょう》と遊《あそ》ぶのが子《こ》どもの仕事《しごと》だからな」

じいちゃんはほおづえをついたまま、ぼくの手元《てもと》を見《み》つづけている。

「じいちゃんの子どものころ、宿題あった？」

「ああ、あったな。そいで、宿題をわすれちまうと立《た》たされるんだ」

「えっ、立たされるの？」

「そうさ。ろうかに立《た》たされる」

「ろうかにぃ！　じいちゃんも立たされた？」

「ああ、立たされた」

と、おじいちゃんがいったとき、電話《でんわ》が鳴《な》った。

「ぼくがでる」

と、立って受話器《じゅわき》を取《と》ると、となり町《まち》に住《す》む、じいちゃんの友《とも》だちの紺《こん》野《の》さんだった。

「あしたの三時《じ》に行《い》くと伝《つた》えておいてくれ」

という、簡単《かんたん》な電話だった。

「わかった。三時だな。そう、そう、紺野の紺ちゃんには宿題《しゅくだい》でよくせわになったたな」

そういうと、じいちゃんはこんな話《はなし》を始《はじ》めた。

ある日《ひ》、学校《がっこう》へ着《つ》いたとたん、おれは宿題《しゅくだい》をわすれたことに気《き》がついて青《あお》くなった。

というのは、いく日《にち》か前《まえ》、宿題をわすれてきた生徒《せいと》が十三人《にん》もいたんだ。青オニというあだなの青田先生《あおたせんせい》が、おこった、おこった。

「たるんどる！」と、十三人をならべて、大《おお》きなげんこつでゴツン、ゴツンと頭《あたま》をたたかれ、ろうかに一時間《じかん》も立《た》たされたんだ。

きょうみたいな寒《さむ》い日《ひ》に、あんなげんこつをくらった上《うえ》に、ろうかに立たされるなんて、考《かんが》えただけでブルブルだ。

どうしようと思《おも》っているところへ、紺野《こんの》がやってきた。おれは教室《きょうしつ》のすみに引《ひ》っぱっていって、

「紺ちゃん、宿題のプリント見《み》せてくれ」

と、いった。

「わすれたのかい？」

「うん。ゆんべねむくて、ねちまったんだ」

紺《こん》ちゃんはすぐにプリントを出《だ》して、

「音楽室《おんがくしつ》に行《い》って写《うつ》してきな」

と、いった。

いそいで写しおえたとき、カラン、カランと始《はじ》まりのカネが鳴《な》って、おれは「間《ま》に合《あ》った！」と、ホッとした。

その日《ひ》は、あのげんこがきいたのか、だれも宿題《しゅくだい》をわすれてきたものはいなかった。だから、もし、紺ちゃんの助《たす》けがなかったら、おれはひとりだけ赤《あか》っぱじをかくところだった。

ところが、つぎの日の終わりの時間《じかん》のことだ。青《あお》オニが宿題のプリントを返《かえ》してくれたんだが、おれと紺ちゃんだけが呼《よ》ばれない。

あれっと、先生《せんせい》の顔《かお》を見《み》あげていると、青オニがいった。

「きょうは、これでおわり。紺野《こんの》と上野《うえの》は、ちょっと残《のこ》っておれ」

アッと思《おも》った。

おれたちは顔《かお》を見《み》あわせて、首《くび》をすくめた。

バレたんだ……。

みんなを帰《かえ》すと、青《あお》オニはおれたちの目《め》の前《まえ》に、プリントを二枚《まい》ならべた。

「おまえたちのだ。よく見てみろ、同《おな》じところがまちがっている」

同じ場所《ばしょ》に赤《あか》い×《バツ》があった。

「その上《うえ》、説明《せつめい》のし方《かた》も一字《じ》一句《く》まったくおんなじだ。漢字《かんじ》のまちがいまで、そのままだ」

あちゃー。

いそいでいたので、紺《こん》ちゃんがまちがえた漢字まで、そのまま写《うつ》しちまった。

「宿題《しゅくだい》をわすれたのは、どっちだ？」

おれはおそるおそる顔《かお》をあげた。

「上野《うえの》か……」

これからどうなるんだろうと、おれはビクビクしていた。

すると、青《あお》オニがこういった。

「どうしてわすれた？　宿題《しゅくだい》が出《で》た日《ひ》、帰《かえ》ってから、なにをしたか、いってみぃ？」

おれは正直《しょうじき》に、その日、家《いえ》へ帰ってからやったことを、思《おも》いだし思いだし話《はな》した。

せんたくものと、弟《おとうと》のおねしょぶとんを取《と》り入《い》れ、妹《いもうと》を託児所《たくじしょ》にむかえにいったこと。それから、ニワトリとウサギのえさを作《つく》って食《た》べさせ、ふろの水《みず》くみをしたこと。井戸《いど》からバケツで二十回《かい》も運《はこ》んで入れた。それから、まきをわってふろをわかした……。

「それで、めしを食《く》ったらねむくなって……」

上目《うわめ》づかいに先生《せんせい》を見《み》ると、青《あお》オニは腕《うで》を組《く》んだまま、だまって聞《き》いていた。にが虫《むし》をかみつぶしたような顔《かお》だ。

いよいよげんこつだと、覚悟《かくご》したとき、青オニがいった。

「よし、わかった。ふたりとも帰《かえ》ってよし」

えっと、おれたちが顔をあげると、先生はニヤッとわらった。

そして、

「こんどから、もっとうまくやれ。まちがいまで写《うつ》すやつがあるか」

というと、大《おお》きな手《て》でグリグリとおれたちの頭《あたま》をなでた。

「おまえたち、いつまでも、いい友《とも》だちでいろよ」

じいちゃんは、話《はな》しおえて、ちょっとてれくさそうな顔をした。

「まあ、そういうわけで、おれと紺《こん》ちゃんは、いまだに友だちというわけさ」

タケシは知《し》らない

①

タケシがその子《こ》イヌを見《み》つけたのは、学校《がっこう》からの帰《かえ》り道《みち》でした。同級生《どうきゅうせい》の明夫《あきお》くんとわかれて、近道《ちかみち》の線路《せんろ》ぞいの細《ほそ》い道を歩《ある》いていると、どこからか、クーン、クーンと、かすかな鳴《な》き声《ごえ》が聞《き》こえてきたのです。

タケシは、声のする方《ほう》の草《くさ》むらをかきわけて、のぞいてみました。

すると、茶色《ちゃいろ》のイヌの赤《あか》ちゃんが、白《しろ》い紙《かみ》の箱《はこ》の中《なか》で、ブルブルふるえながら鳴《な》いていました。

顔《かお》を近《ちか》づけると、お母《かあ》さんが来《き》たと思《おも》ったのか、子《こ》イヌはいっそう声《こえ》をふるわせて鳴きだし、しきりに足《あし》で箱《はこ》をひっかきます。

まだ、目《め》が見《み》えないのか、ヨタヨタしています。

タケシは、子イヌをそうっとだきかかえました。両手《りょうて》のてのひらにすっぽり入《はい》るくらいの大《おお》きさです。子イヌの体《からだ》のぬくもりが、てのひらに伝《つた》わってきます。

(かわいいなぁ)

子イヌはクンクン鳴きながら、やたらと手足を動《うご》かしてもがきました。

箱の中《なか》にはタオルがしいてあり、プラスチックの小《ちい》さなおわんがころがっていて、そこにミルクが少《すこ》し、くっついていました。

きっと、この子イヌを捨《す》てた人《ひと》が、そのおわんにミルクを入《い》れておいたのでしょう。でも、子イヌは動きまわっているうちに、ひっくりかえしてしまったにちがいありません。紙《かみ》の箱《はこ》がぬれていました。

「おなかがすいているんだな。よし、待《ま》ってろ。なにか持《も》ってきてやるからな」

タケシは、子《こ》イヌをそっと箱にもどすと、いそいで家《いえ》へかけていきました。三年生《ねんせい》のタケシの足《あし》でも、アパートまで五分《ふん》とかからないところです。

「ただいまぁ」

だれもいないのはわかっているのですが、働《はたら》きにいっているお母《かあ》さんも、中学生《ちゅうがくせい》のお姉《あね》さんも、かならず、玄関《げんかん》で「ただいま」というのです。

それは、交通事故《こうつうじこ》でなくなったお父《とう》さんの写真《しゃしん》が、玄関のたなのところにかざってあって、ドアを開《あ》けると、その写真のお父さんが「おかえり」と、声《こえ》をかけてくれるような気《き》がするからでした。

タケシは、カバンを放《ほう》りだし、冷蔵庫《れいぞうこ》から牛乳《ぎゅうにゅう》とパンを取《と》りだすと、ビニール袋《ぶくろ》に入《い》れて、また、外《そと》へ飛《と》びだしていきました。

いそいでもとの場所《ばしょ》にもどってみると、子《こ》イヌはさっきとおなじようにクンクン鳴《な》きながら、箱《はこ》から出《で》ようとしています。でも、たった十センチばかりの箱のへりを、まだ、こえることができないのです。

タケシは、牛乳《ぎゅうにゅう》パックを取《と》りだし、おわんにそそぐと、子イヌの鼻《はな》先《さき》に近《ちか》づけました。でも、子イヌはバタバタ手足《てあし》を動《うご》かすばかりで、飲《の》もうとしません。

(目《め》が見《み》えないから、わからないのかなぁ)

と思《おも》って、今度《こんど》はてのひらにたらして、口《くち》へ近づけてみました。

しかし、そうやってもおんなじでした。子イヌは手足をむやみに動かすばかりです。

そこで、ミルクを指《ゆび》につけて、子イヌのくちびるにぬってみました。

でも、ベロをつかってなめようとはしません。

（パンなら食《た》べるかな）

そう思《おも》って、パンを小《ちい》さくちぎって、鼻《はな》の先《さき》にもっていってみました。でも、子《こ》イヌはパンのにおいさえかごうともせず、あいかわらずモゴモゴ動《うご》くばかり。

「どうして食べないんだよう」

ネコやイヌの赤《あか》ちゃんも、人間《にんげん》の赤ちゃんとおなじように、お母《かあ》さんのオッパイを飲《の》んで大《おお》きくなります。

でも、おわんに入《はい》ったものや、てのひらからなめて飲むということは、赤ちゃんにはできないのです。

タケシはそのことを知《し》りませんでした。

牛乳《ぎゅうにゅう》も飲まない、パンも食べない。

タケシは、ただむやみにもがいている子イヌを、どうしたらいいのかわからず、すっかりこまってしまいました。

だれか来《こ》ないかなあと、首《くび》をのばして左右《さゆう》を見《み》ましたが、こんなときにかぎって、だれも通《とお》りません。

しかたがないので、タケシは、子《こ》イヌをだいて、やさしく体《からだ》をなでてやりました。

それでも、子イヌは鳴《な》きやみません。クンクン鳴きながら、しきりになにかをさがすように、手足《てあし》を動《うご》かしつづけます。

どうしていいかわからなくなって、タケシは泣《な》きたくなりました。

②

そのとき、タケシは、友《とも》だちの明夫《あきお》くんのことを思《おも》いだしました。

明夫くんのうちではイヌをかっているのです。

(明夫くんなら、どうすればいいか知《し》っているかもしれない)

そう思《おも》って、子イヌを箱《はこ》にもどし、明夫くんをよびにいこうと立《た》ちあがった、そのときです。

なにかがポロリと足《あし》もとに落《お》ちました。

アパートのカギでした。

タケシはカギをポケットにしまおうとしてハッとしました。

さっき、牛乳《ぎゅうにゅう》を取《と》りに帰《かえ》ったとき、いそいでいたので、カギをかけずにきたような気《き》がするのです。

カギをかけたのか、かけなかったのか、どうもはっきりしません。かけたような気がするのですが、自信《じしん》がありません。

タケシは明夫《あきお》くんをよびに行《い》くのが先《さき》か、アパートのカギをたしかめに行くのが先か、まよいました。まよったすえに、家《いえ》にむかって走《はし》りだしました。

どろぼうに入《はい》られたらこまると思《おも》ったからです。

いそいでもどってきて、ドアのノブに手《て》をかけると、カギはちゃんとかかっているではありませんか。

「ちぇっ！」

タケシは自分《じぶん》に腹《はら》が立《た》ってきました。でも、家《いえ》へ帰《かえ》ってきたおかげで、明夫《あきお》くんに電話《でんわ》がかけられます。

冷蔵庫《れいぞうこ》にかけてあるこの地区《ちく》の電話帳《でんわちょう》を見《み》て、明夫くんに電話をかけてみました。

でも、何度《なんど》かけても、だれも出《で》ません。

あきらめるより、しかたありません。

タケシは走《はし》ってきてのどがかわいたので、牛乳《ぎゅうにゅう》でも飲《の》もうと冷蔵庫に手《て》をかけました。でもすぐに、牛乳は子《こ》イヌのところにおいてきたことに気《き》がつきました。

「チイッ！」

なんだか、なにもかもうまくいきません。

だれかがいじわるをしているみたいな気《き》がして、タケシは冷蔵庫《れいぞうこ》をけとばしました。

それから、水《みず》を飲《の》んで少《すこ》し気持《きも》ちを落《お》ちつかせました。でも、のんびりしているわけにはいきません。子《こ》イヌのことが心配《しんぱい》です。

タケシは今度《こんど》はしっかりカギをかけ、

「カギ、ようし！」

と、電車《でんしゃ》の車掌《しゃしょう》さんみたいに指《ゆび》をさしていいました。

いそいで子《こ》イヌのところへもどってみると、子イヌの鳴《な》き声《ごえ》が聞《き》こえません。

(なにか、おきたんだ！)

あわてて草《くさ》むらの箱《はこ》の中《なか》をのぞきこみました。子イヌは鳴きくたびれたのか、箱のすみにうずくまっていました。

「びっくりさせるなよ。どっかへ行《い》っちまったかと思《おも》ったじゃないか」

タケシは思《おも》わずだきかかえました。

すると、また、クーン、クーンと鳴《な》きはじめます。タケシは草《くさ》むらにこしをおろして、もう一度《いちど》、牛乳《ぎゅうにゅう》を飲《の》ませてみました。

でも、何度《なんど》やっても、飲もうとはしません。

「おなか、すいてるんだろ。どうして飲まないんだよぉ。ほら、飲みな」

すると、そのとき、自転車《じてんしゃ》に乗《の》ったおばさんが通《とお》りかかりました。

「あら、捨《す》てイヌ？　こまるのよねえ、こんなところに捨てられちゃ」

おばさんはまゆをひそめました。

「まだ、目《め》もあいていないじゃないの。あんた、これ育《そだ》てるの、大変《たいへん》だわよ」

タケシは、だまって子《こ》イヌをおばさんにさしだしました。

「だめ、だめ。うちのアパートはだめなの」

そういうと、おばさんは自転車をグイッとこいで行《い》ってしまいました。

タケシは、だれかが歩《ある》いて来《く》るたびに、子《こ》イヌを見《み》せました。

すると、みんながみんな「まあ、かわいい」といいました。

でも、かわいいというだけで、もらってくれる人《ひと》は、だれもいませんでした。

太陽《たいよう》が、だんだん西《にし》にかたむいて、あたりがしだいに暗《くら》くなっていきます。風《かぜ》も少《すこ》し冷《つめ》たくなってきました。

(こまったなぁ。どうしよう……)

うちへつれて帰《かえ》ったら、お母《かあ》さんがどんな顔《かお》をするか目《め》に見《み》えています。

アパートではかえないことも知《し》っています。

だからといって、子イヌをここに放《ほう》りだしていくことも、タケシにはできそうにありませんでした。

そのときです。

タケシの頭《あたま》の上《うえ》で声《こえ》がしました。

「おう、かわいいねぇ」

顔《かお》をあげると、クマのように大《おお》きい、黒々《くろぐろ》とひげをはやしたおじさんが、タケシのうでの中《なか》をのぞきこんでいました。

③

「生《う》まれたての子《こ》イヌだな。まだ、目《め》も見《み》えていないようだね」

おじさんはそういって、子イヌの頭《あたま》をなでました。

「生まれたばかりで捨《す》てられたか。なんのために生まれてきたのかわからないじゃないか、なあ、おまえ」

おじさんはそういって、子イヌのおでこをチョンとつつきました。

タケシは子イヌをさしだしていいました。

「おじさん、かってくれない？」

「うん？　そうだなぁ。このままここへ放《ほう》っておいたら死《し》んでしまうもんなぁ」

おじさんはタケシの手《て》から子《こ》イヌをうけとると、てのひらの上《うえ》でクルクルまわして見《み》ていました。

「牛乳《ぎゅうにゅう》を持《も》ってきたのかい？」

「うん。だけど、飲《の》まないんだ」

「まだ赤《あか》ちゃんだから、舌《した》をつかっては飲めないんだ。ウンチだってひとりじゃできないんだぜ」

おじさんは子イヌをてのひらにのせたまま、タケシの前《まえ》にしゃがみました。

「きみは、かいたいけれどかえないんだね」

タケシはうつむいたまま、「うん」と、うなずきました。

「いま、どうしたらいいか、こまっているんだろ？」

「うん」

「きみが見《み》つけちゃったんだよな、このチビちゃんを」

タケシはだまってうなずきました。

「見ないふりをして通《とお》りすぎてもよかったんだ。そしたら、そんなになやまなくてもよかったのになぁ……。きみは、見つけなきゃよかったって思《おも》っているかい？」

タケシはブルブルッと首《くび》をふりました。

ほんとうに、そんなふうに思ったことはなかったからです。

「それなら、どうして自分《じぶん》でかわないんだ？」

「だって、お母《かあ》さんが……」

「お母さんのせいにするな。お母さんはゆるしてくれないってこと、最《さい》初《しょ》からわかっていたんだろ？」

タケシはうつむいたまま、また、うなずきました。

「だったら、どうして目《め》をつぶって通りすぎなかったんだ？」

「だって……。かわいそうだもん……」

「だったら、かってやればいい」

「……」

タケシは、自分《じぶん》の体《からだ》が地面《じめん》にしずんでしまいそうな気持《きも》ちでした。

「けっきょく、きみはかえないから、ここへおいていくしかないんだな。かってやれないものを、かわいそうだからと手《て》をさしのべたけれど、なんにもしてやれない」

おじさんのいうとおりでした。

タケシは顔《かお》をあげることができません。

きゅうになみだが出《で》そうになりました。

「ひょっとしたら、きみがだきあげたとき、子《こ》イヌは、あ、かってもらえるぞって思《おも》ったかもしれない。それなのに、やっぱり捨《す》てられるんじゃ、この子イヌ、もっと、もっと傷《きず》ついたかもしれない」

タケシの目《め》から、ポロリとなみだがこぼれました。

「だけどね」

おじさんは、子《こ》イヌをタケシの腕《うで》にもどしながらいいました。

「おじさんは、この子イヌのために、牛乳《ぎゅうにゅう》を取《と》りに、うちまで走《はし》っていったきみが好《す》きだよ」

えっと、タケシは顔《かお》をあげました。

「おじさんは、かわいそうだと思《おも》って、この子をだっこしてあげたきみが好きだ。見《み》ないふりをして通《とお》りすぎる人《ひと》たちより、おじさんはきみの方《ほう》がずっと好きだ」

タケシの目から、ポロッポロッとなみだがこぼれました。

おじさんは、ごつい指《ゆび》でタケシのなみだをふいてやりながら、こういいました。

「だから、きみのために、おじさんがこの子イヌを引《ひ》き取《と》ってあげるよ」

「えっ、ほんと！」

タケシはびっくりして、おじさんを見《み》あげました。

「おじさん、ぼく、毎日《まいにち》、エサを持《も》っていくよ！」

「あははは、そんな心配《しんぱい》はいらないよ」

おじさんはそういって、子《こ》イヌを自分《じぶん》のほおにくっつけ、

「あったかいなぁ。おまえ、この子にめっけてもらって、よかったなぁ」

と、いいました。

「ね、おじさん。会《あ》いに行《い》ってもいい？」

「ああ、いいよ」

「おじさんのうち、どこ？　この近《ちか》く？」

「うん、あの土手《どて》のむこう」

土手のむこうには大《おお》きな川《かわ》が流《なが》れているだけです。

「えっ？」

「橋《はし》の下《した》に青《あお》いテントが張《は》ってあるだろう、あれがおじさんのうちだ」

（あ、おじさんはホームレスなんだ）

タケシはドキドキしてきました。

というのは、お母《かあ》さんや先生《せんせい》から、ホームレスの人《ひと》には近《ちか》づいてはいけないといわれていたので、こわかったのです。

「じゃあ、この子《こ》はおじさんがあずかるよ」

そういうと、おじさんは上着《うわぎ》のポケットにスポンと子イヌを入《い》れると、土手《どて》の方《ほう》へブラブラ歩《ある》いていきました。

④

つぎの日《ひ》、タケシは土手の上《うえ》まで行《い》ってみました。

そこから首《くび》をのばすと、橋の下に、青いシートで作《つく》ったテントが見《み》えます。

でも、おじさんの姿《すがた》も子《こ》イヌの姿も見《み》えませんでした。気《き》のせいか、テントの中《なか》から、かすかに、子イヌの鳴《な》き声《ごえ》が聞《き》こえたような気がしました。

タケシはテントのところまで行《い》ってみたいと思《おも》いましたが、先生《せんせい》やお母《かあ》さんのことばを思いだして、下《した》まで行く勇気《ゆうき》がありませんでした。

よく日《じつ》は、学校《がっこう》の帰《かえ》りに、明夫《あきお》くんといっしょに見《み》にいきました。

でも、明夫くんがテントのそばまで行くのはいやだというので、しかたなく土手《どて》にこしをおろして、子イヌかおじさんが出《で》てくるのを待《ま》っていました。

車《くるま》がひっきりなしに通《とお》る橋《はし》の下にあるテントの中《なか》は、きっとうるさいにちがいありません。

でも、橋の下だと、雨《あめ》が降《ふ》っても平気《へいき》だから、おじさんはそこにテントをこしらえたのだと思いました。

テントの前《まえ》の、日《ひ》の当《あ》たるところにロープが張《は》ってあって、干《ほ》してあるシャツやズボンが風《かぜ》にゆれていました。

「あ、出《で》てきた！」

明夫《あきお》くんの声《こえ》にテントの方《ほう》を見《み》ると、おじさんの大《おお》きな体《からだ》がのっそりと現《あらわ》れました。

おじさんは外《そと》へ出てくるなり大きく背伸《せの》びをして、それから、ふところからなにかを取《と》りだしました。

「あ、子《こ》イヌだ！」

ふたりは身《み》をのりだしました。

おじさんは、子イヌをテントの前《まえ》のあき地《ち》にほったらかしにして、洗濯物《せんたくもの》を取りこみはじめました。

子イヌはヨタヨタした足《あし》どりでしたが、タケシが見つけたときより、ずっと元気《げんき》そうで、いそがしく動《うご》きまわっています。

「目《め》は見《み》えるようになったのかな？」

と、タケシがつぶやくと、明夫《あきお》くんがいいました。

「イヌはね、だいたい十日《とおか》くらいで、目が見えるようになるんだ」

「それじゃ、まだ、見えてないかもね」

そのとき、洗濯物《せんたくもの》をかかえてテントに入《はい》ろうとしたおじさんが、土手《どて》の上《うえ》のタケシたちに気《き》づきました。

「おう、きみかぁ。ほら、子《こ》イヌは元気《げんき》だぞ」

「牛乳《ぎゅうにゅう》、飲《の》むようになった？」

と、タケシが大《おお》きな声《こえ》でたずねました。

「綿棒《めんぼう》で、チョビチョビだな。哺乳《ほにゅう》ビンがあるといいんだが……」

「ちょっと、だいてもいい？」

「ああ、いいよ」

タケシがおりていこうとすると、明夫くんがタケシのシャツを、グイッと引《ひ》っぱりました。

近《ちか》くへ行《い》くのはよせというのです。

「だいじょうぶだよ。あのおじさんはこわい人《ひと》じゃないよ。だっこしに行こうよ」

明夫《あきお》くんはタケシのあとを、こわごわついてきました。

おじさんが洗濯物《せんたくもの》を持《も》って、テントの中《なか》に入《はい》ってしまったので、タケシと明夫くんは、かわりばんこに、だいたりなでたりしました。

「はじめの夜《よる》は、鳴《な》いて鳴いて、ねむれなくてまいったよ」

その声《こえ》におどろいてふりかえると、いつのまに来《き》たのか、おじさんがふたりを見《み》おろしていました。

明夫くんはビクッとして、タケシに体《からだ》をよせました。

「おじさん」と、タケシがいいました。

「名前《なまえ》つけたの？」

「名前《なまえ》？　まだだ。おれとおなじ、名《な》なしのゴンベエだな」

「えっ、おじさん、名前ないの？」

「ああ。むかしはたしかにあったなぁ。もう、わすれちゃったよ」

おじさんは空《そら》を見《み》あげて、「そうかぁ、名前かぁ」と、つぶやき、

「次郎《じろう》っていうのはどうかな？」

と、いいました。

「次郎？　人間《にんげん》みたいだね」

「大当《おおぁ》たり。おれの弟《おとうと》の名前だ。あはは」

そのときでした。

土手《どて》の上《うえ》から、だれかがよぶ声《こえ》が聞《き》こえました。

同級生《どうきゅうせい》の森《もり》くんのお母《かあ》さんでした。

「タケシくんも明夫くんも、お母さんがさがしてたわよぉー」

ふたりは、しぶしぶおじさんに子《こ》イヌを返《かえ》すと、トントンと土手をか

けあがっていきました。

「タケシくんも明夫《あきお》くんも、ダメじゃない」

と、森《もり》くんのお母《かあ》さんが、声《こえ》をひそめていいました。

「あの人《ひと》たちのところへ行《い》っちゃダメだって、いわれてるでしょ」

それから、ふたりがランドセルを背負《せお》っているのを見《み》ていいました。

「あら、なあに、あなたたち、より道《みち》してたの。ダメじゃない。さ、帰《かえ》りましょ」

ふたりは森くんのお母さんの自転車《じてんしゃ》のあとを、トボトボと歩《ある》いていきました。

⑤

タケシは、それでも、毎日《まいにち》のように子《こ》イヌを見《み》にいきました。

土手《どて》につくと、すぐにテントのところへおりていって、

「おじさん、いるー?」

と、声《こえ》をかけます。すると、

「おう、来《き》たか」という声とともに、おじさんが子《こ》イヌの次郎《じろう》をだいて出《で》てきます。

子イヌはだんだんしっかり歩《ある》けるようになって、タケシのあとを、足《あし》をもつれさせながら、追《お》いかけて走《はし》るようになりました。


おじさんにあずけて、三週間《しゅうかん》ほどたった日《ひ》のことです。

おじさんはいつものように子イヌをあき地《ち》で遊《あそ》ばせながら、洗濯物《せんたくもの》を干《ほ》していました。

子イヌは動《うご》きまわるのがうれしいのか、ヨタヨタした足どりで、草《くさ》にじゃれたり、棒《ぼう》をくえてふりまわしたりして遊んでいました。

そのとき、思《おも》いがけないことがおきたのです。

まさに、一瞬《いっしゅん》のできごとでした。

大《おお》きな影《かげ》が、おじさんの頭《あたま》をかすめて、サーっと落《お》ちてきたのです。

おじさんは思《おも》わず首《くび》をすくめました。

うしろで、キャンという悲鳴《ひめい》が聞《き》こえました。

大きなつばさを広《ひろ》げた鳥《とり》が、子《こ》イヌにおおいかぶさっていました。

おじさんは洗濯物《せんたくもの》を放《ほう》りだすと、鳥にむかって走《はし》り、その体《からだ》に飛《と》びかかりました。

しかし、一瞬早《はや》く、鳥は子イヌをわしづかみにしたまま、バサバサと羽音《はおと》を鳴《な》らし飛びあがりました。

そして、またたくまに、おじさんには、もう、手《て》のとどかないところへ、飛びさっていました。

おじさんは、ただぼうぜんと見送《みおく》るほかありませんでした。

アッという間《ま》のできごとでした。タカみたいな鳥が子イヌの次郎《じろう》をうばっていったのです。

⑥

タケシはふしぎに思《おも》っていました。

ある日《ひ》をさかいに、次郎《じろう》がちっとも姿《すがた》を見《み》せなくなったのです。

タケシは心配《しんぱい》になって、テントのところまでおりていって、声《こえ》をかけてみました。

「おじさん、いるー？」

返事《へんじ》がありません。子《こ》イヌの鳴《な》き声《ごえ》も聞《き》こえません。

（どうしたのかなぁ？）

用《よう》があって、ちょっと出《で》かけているのかもしれないと思って、タケシはしばらく待《ま》ってみることにしました。

でも、いつまで待っても、おじさんも子イヌの次郎も、姿を見せませんでした。

つぎの日《ひ》も、つぎの日も、行《い》ってみましたが、だれもいません。

(病気《びょうき》なかもしれない)

タケシはとほうにくれてしまいました。

(それとも、どこかへ引《ひ》っこしたのかな？)

暗《くら》くなるまで待《ま》っても、おじさんも子《こ》イヌの次郎《じろう》も、姿《すがた》を見《み》せませんでした。

ところが、ある日、土手《どて》まで行ってみると、おじさんのテントから、ラジオの音楽《おんがく》が聞《き》こえていました。

タケシはころがるように土手をおりていきました。

「おじさーん、おじさーん、いるぅ？」

テントの外《そと》から声《こえ》をかけると、

「うおーい」

という返事《へんじ》とともに、シートをめくって、おじさんがひげづらを出《だ》しました。

「おおっ、きみか。なにか用《よう》かい？」

「おじさん、どこへ行《い》ってたの。ぼく、何度《なんど》も来《き》たんだけど、ずっとるすだったじゃないか」

「ごめん、ごめん。ちょっと、友《とも》だちのところへ行ってたんだ」

「次郎《じろう》、いる？」

「次郎？　あ、イヌの次郎か？」

おじさんはテントから出《で》てきて、頭《あたま》をポリポリかきながらいいました。

「いやー、きみにことわらなきゃいけなかったな」

「えっ、なに？」

「じつはな……」

おじさんはいいにくそうな顔《かお》をして、また、頭をかきました。

「じつは、その友《とも》だちがな、すっかり次郎《じろう》のことが気《き》にいってな、どうしても、おれにくれというんだよ。おれはな、このイヌが大《だい》すきな子《こ》がいるから、ダメだといったんだが、どうしてもほしいといってきかないんだ。とうとう根負《こんま》けしちゃってさ。それで、そいつのところにおいてきちゃったんだ」

「えーっ！」

タケシはポカーンとして立《た》ちつくしました。

「だけど、安心《あんしん》しな。次郎は元気《げんき》だから。その友だちはいいやつだから、うんと大事《だいじ》にしてくれるさ」

タケシの胸《むね》に、かわいかった次郎の姿《すがた》がフウっと浮《う》かんで消《き》えました。

（そうか、次郎はよそへもらわれていったのか……）

「どこなの。その友だちのうち？」

「うん、ちょっと遠《とお》いところだ」

「ふーん、じゃあ、もう、会《あ》えないね……」

「ごめんな。きみにだまってあげちゃって」

タケシはさびしい気持《きも》ちがしましたが、ホッとうれしい気持ちにもなっていました。

子《こ》イヌの次郎《じろう》は、ここよりもっといいところへもらわれていったんだ。きっと幸《しあわ》せになれると思《おも》ったからです。

「ほんとに、ごめん」

「うん……。そのお友《とも》だち、次郎のこと気《き》にいったんだもん、きっと、かわいがってくれるよね、おじさん」

「うん。あいつなら、だいじょうぶさ。家《いえ》には広《ひろ》い庭《にわ》もあるし……」

「次郎、よかったね、おじさん！」

そういって、安心《あんしん》して帰《かえ》っていくタケシのうしろ姿《すがた》を、おじさんは、ずっと見送《みおく》っていました。

そして、タケシの姿《すがた》が土手《どて》のむこうに見《み》えなくなると、雲《くも》ひとつなく晴《は》れわたった青空《あおぞら》を見《み》あげて、深《ふか》いためいきをつきました。

「子《こ》イヌは友《とも》だちのところにもらわれていった」という自分《じぶん》がついたウソを、本当《ほんとう》の話《はなし》だと思《おも》いたかったのです。

音《おと》あてごっこ

学校《がっこう》の帰《かえ》りに、タックんがいった。

「ね、ね、ジュンくん、音あてクイズだよ」

タックんはぼくの返事《へんじ》も聞《き》かないで、

「第《だい》一問《もん》。ポッタン、ポッタンって、なんの音だ？」

と、いった。

「わかった。水道《すいどう》の水《みず》が落《お》ちる音！」

「ピンポーン」

「さいしょ、雨《あめ》が落ちる音かなと思《おも》ったんだ」

「雨《あめ》はポツン、ポツンだよ」

「ええっ、どっちもおんなじだよぉ」

「ちがうね。水《みず》と雨だからちがうよ、ぜったい！」

ぼくはおんなじだと思《おも》ったけど「ぜったい」っていわれると、そうかなと思ってしまう。

「じゃあ、第《だい》二問《もん》。ペタペタって、なーんの音《おと》だ？」

「ノリではりつけるときの音かな？」

「ピンポーン」

「かんたん、かんたん。もっとむずかしいの出《だ》していいよ」

「じゃあ、第三問。むずかしいよ。ヒラヒラヒラって、なんの音だ？」

「チョウチョが飛《と》ぶときの音！」

「ブッブー。残念《ざんねん》でした！」

「え、ちがうの。じゃあ、なんの音？」

「木《き》のはっぱが落《お》ちるときの音《おと》」

「えっ。木のはっぱもチョウチョもヒラヒラヒラヒラだよぉ」

「ちがうね」

タッくんは鼻《はな》をヒクヒクさせた。

「木のはっぱはヒラヒラヒラ、チョウチョはピラッ、ピラッだよ、ぜったい！」

「ピラッ、ピラッなんて、変《へん》だよ」

「変じゃない、変じゃない。だって、チョウチョは生《い》きてるけど、木の葉《は》は生きものじゃないだろ。だから音もちがう。ぜったい！」

なんだかわけのわからない説明《せつめい》だけど、自信《じしん》たっぷりにいうので、なんだかそんな気《き》がしてくる。

「今度《こんど》は、ジュンくんが問題《もんだい》出《だ》してみて」

「いいよ。えーと……」

と、ぼくは考《かんが》え、

「ヒュルヒュルって、なんの音《おと》だ？」

と、聞《き》いた。

タッくんは、

「かんたん、かんたん。そんなのかんたん」

と、いいながら、ピョンピョンはねた。

「それはね、小鳥《ことり》さんが飛《と》びまわる音！」

「えっ、小鳥さんが飛びまわる音？　小鳥さんが飛びまわる音はヒューン、ヒューンだよ、ぜったい！」

「そうかなぁ」

（あ、「ぜったい」といったら、タッくん、少《すこ》し弱気《よわき》になったみたい）

「それじゃ、ヒュルヒュルって、なんの音なの？」

「台風《たいふう》のときの風《かぜ》の音！」

「ちがうよ。台風《たいふう》の風《かぜ》の音《おと》は、ビュウ、ビュウだもんね」

「ヒュルヒュルだってば。ぜったい！」

「そうかなぁ」

（あ、やっぱり、タッくんは「ぜったい」によわいんだ！）

「じゃあ、つぎの問題《もんだい》を、ジュンくん、いいなよ。あてるからさ」

「えーと、そいじゃ、いうよ。ガチャーン、ってなんの音だ？」

「わかった！　それは車《くるま》がぶつかった音だろ」

「ブッブー、ちがいまーす」

「じゃあ、なんだよ？」

「コップがわれた音」

「ちがうよ、ぜったい。コップはパチャーンってわれるんだぞ」

「そんな音しないよぉ。ぜったい、ガチャーンだよ」

「そうかなぁ……。じゃあ、ぼくの問題。ジュル、ジュルってなんの音だ？」

「ジュル、ジュル？」

「そう、ジュル、ジュル」

「うーん」

ぼくは首《くび》をひねって考《かんが》えた。

でも、なかなか思《おも》いつかない。

「わかんない？　こうさんする？」

タッくんがドヤ顔《がお》して、ぼくの顔をのぞきこんだ。くやしいので、ぼくは思いつくままいった。

「ジュルジュルって、ラーメンを食《た》べるときの音《おと》かな？」

「ピンポーン、ピンポーン！　大《おお》あたり！」

ぼくはびっくり。

あてずっぽうにいったのに、大あたりだって。タッくんも目《め》を真《ま》ん丸《まる》にしていった。

「よくわかったね！　ラーメン食《た》べるとき、ジュルジュルって音《おと》がするだろ」

「う、うん。ジュルジュルって音がする」

といったとき、もう、クリーニング屋《や》さんの前《まえ》まで来《き》ていた。

ここで、タッくんは左《ひだり》にまがり、ぼくはまっすぐの道《みち》を帰《かえ》る。

「じゃあ、最後《さいご》の問題《もんだい》」

と、タッくんがいった。

「スニャスニャって、なんの音？」

「えっ、スニャスニャ？　クニャクニャじゃなくて、スニャスニャなの？」

「うん、スニャスニャ」

スニャスニャなんて、そんな音は聞《き》いたことがない。

「こうさん？」

タッくんがまたドヤ顔《がお》をする。

「ちょっとまって。もうすぐ、わかるから」

ぼくは空《そら》を見《み》あげて考《かんが》えた。

でも、今度《こんど》は、あてずっぽうの答《こた》えも出《で》てこない。

「わかんない。こうさん。おしえて。スニャスニャって、なんの音《おと》なの？」

「クラゲが泳《およ》ぐときの音！」

「だったら、ユーラユラだよ」

「ちがうよ。スニャスニャだよ、ぜったい！」

（あ、ぜったいっていった。でも、ぼくも負《ま》けないぞ）

「ぜ・・・ったい、ユーラユラだよ」

「ユーラユラはブランコの音だぞ。クラゲはぜったい、スニャスニャだってば」

ぼくもタッくんもゆずらず、「ぜったいスニャスニャだ」「いや、ちがう。ユーラユラだ」といいあらそっていたら、うしろで、

「あんたたち、なにもめてんの？」

と、声《こえ》がした。

「あっ、マチ子《こ》！」

ぼくたちが「おばさん」と、いっているマチ子だ。

「あんたたち、こんなとこでけんかなんかして、みっともないよ！」

ぼくとタッくんは顔《かお》を見合《みあ》わせた。

「あのな」と、タッくんがいった。

「けんかじゃねぇの。音《おと》あてクイズしてんの！」

「音あてクイズ？　なにそれ？」

「だからさ、ジュルジュルという音はなんの音だとかさ、あてっこする

わけ」

「ジュルジュルって、なんの音《おと》なの？」

「ラーメンを食《た》べるときの音にきまってるだろ」

「ええっ、ジュルジュルがぁ？」

マチ子《こ》は、目《め》をむいて、ぼくたちより大《おお》きな声《こえ》をはりあげた。

「それで、問題《もんだい》は「スニャスニャ」なんだ。スニャスニャってなんの音だと思《おも》う？」

と、ぼく。

「スニャスニャ？」

マチ子《こ》はぼくたちをバカにしたような顔《かお》で見《み》た。

「あんたたちの頭《あたま》の中《なか》の音じゃないの？」

「なんだよ、それ？」

と、タッくんがいった。

「スニャスニャはぜったいクラゲが泳《およ》ぐときの音《おと》だろ」

「ちがうよね。ユーラユラだよね？」

「クラゲが泳ぐときの音がスニャスニャ？　ちがうなぁ、でも、ユーラユラでもないな。そうだなぁ……」

と、マチ子《こ》は首《くび》をかしげている。

「わかった！」とマチ子は、コクンとうなずいた。

「クラゲが泳ぐときの音はね、ドンブラコッコ、ドンブラコッコだよ」

「ええっ！」

思《おも》わずぼくたちは声《こえ》をあげた。

「ドンブラコッコォ！」

ぼくたちはそのことばが、あんまりおかしかったので、おなかをかかえてゲラゲラわらってしまった。

「なによ！　なにがおかしいのよ！」

マチ子《こ》をおこらせてしまった。

すごい顔《かお》をして、ぼくらをにらんでいる。

「あんたたち、クラゲが泳《およ》ぐとこ、見《み》たことあるの？　ぜったいドンブラコッコだわよ！」

右手《みぎて》にもっているうわばきぶくろが、ぼくらの頭《あたま》めがけて飛《と》んでくるかと思《おも》った。

すると、マチ子はくるりとむきをかえた。そして、すたすたと十メートルばかり歩《ある》いていって、ふりかえった。

「あんたたちに問題《もんだい》。ポカーンっていうのはなんの音《おと》だ？」

「ホームランの音？　ボールを思いっきりひっぱたいたときの音だろ？」

とぼく。

「けんかして、あいての頭をぶんなぐったときの音だよ、ぜったい！」

と、タッくん。

すると、マチ子《こ》がいった。

「ポカーンって音《おと》はね。いまのあんたたちの顔《かお》のこと！」

そういうと、マチ子は思《おも》いっきりアッカンベーをした。

そして、うわばきぶくろをいきおいよくまわしながら帰《かえ》っていく。

それを見《み》て、タッくんがぼくにいった。

「あれブンブンかな、グルグルかな？」

「ぜ・っ・た・い、ぜ・っ・た・い、グルングルンだね」

一輪《いちりん》の白《しろ》いバラ

①

ある日《ひ》、コウタくんといっしょに学校《がっこう》から帰《かえ》ってくると、団地《だんち》の入《い》り口《ぐち》にパトカーがとまっていた。

「おい、事件《じけん》だぞ！」

コウタくんが目《め》をかがやかせた。

近所《きんじょ》の人《ひと》たちがかたまって、ひそひそと話《はなし》をしている。その中《なか》に、おとなりの斎藤《さいとう》さんのおばさんがいたので、ぼくは、なにがあったのか聞《き》いてみた。

すると、斎藤《さいとう》さんのおばさんは、

「三階《がい》の森田《もりた》のおばあちゃんがなくなったのよ」

といった。ひとり暮《ぐ》らしの森田のおばあちゃんが部屋《へや》で死《し》んでいるのが、見《み》つかったのだという。

「なあんだ、あのばあさんが死んだのか。事件《じけん》だと思《おも》ったのになぁ」

コウタくんががっかりしたようにいった。

ぼくたちは、死んだ森田のおばあちゃんのことをうわさしながら、団《だん》地《ち》の階段《かいだん》をのぼっていった。

ぼくらの住《す》んでいる団地は古《ふる》いタイプで、エレベーターがついていない。ぼくんちもコウタくんちも、その最上階《さいじょうかい》の四階だ。

最悪《さいあく》。

学校《がっこう》からつかれて帰《かえ》ってくると、階段をタッタカターというわけにはいかない。ノッタリノッタリって感《かん》じだ。

死《し》んだ森田《もりた》のおばあちゃんは、しらが頭《あたま》で、しわだらけの顔《かお》だけど、背《せ》すじがピンとのびていた。

お母《かあ》さんは「どことなくヒンがある」といっていたけれど、ぼくにはその「ヒン」ってなんなのかわからなかった。

「あのばあさん、死《し》んじまったのかぁ」

「死んじまったんだね」

三階《がい》の部屋《へや》にひとり暮《ぐ》らしだった森田のおばあちゃん。

お母さんがいってた「ヒン」のせいかわからないけど、なんとなくとっつきにくいところがあって、ぼくたちはあまり口《くち》をきかなかった。

いつだったか、ぼくたちが学校《がっこう》から帰《かえ》ってきたとき、一階《かい》の階段《かいだん》で森田のおばあちゃんに出会《であ》った。おばあちゃんは買《か》い物《もの》に行《い》ったのか、重《おも》そうな荷物《にもつ》を両手《りょうて》に持《も》って、オッチラ、オッチラのぼっていた。

ぼくがコウタくんに
「ね、荷物《にもつ》持《も》ってやろうか？」

と耳打《みみう》ちすると、コウタくんはブルブルッと首《くび》をふって、

「よけいことするなって、いわれるだけだよ」

といった。

で、ぼくたちはだまって追《お》いぬいていった。すると、うしろから、

「おかえり」

と、森田《もりた》のおばあちゃんの声《こえ》がした。

ぼくたちは返事《へんじ》もせず、足早《あしばや》にかけだしていた。

②

森田のおばあちゃんがなくなった日《ひ》、夕《ゆう》ごはんのときも、おばあちゃんのことが話題《わだい》になった。

ぼくがコウタくんから聞《き》いた、「すっげぇ貯金《ちょきん》をしてる」という話《はなし》をすると、中学生《ちゅうがくせい》のお兄《にい》ちゃんは、ごはんをほおばりながら、

「あれだけケチれば、そうとうためこんでたんじゃないか」

といった。

すると、お父《とう》さんが、

「俊一《しゅんいち》もジュンも、その、ケチ、ケチというの、やめなさい」

といった。

「森田《もりた》のおばあちゃんの場合《ばあい》、ケチじゃなくセツヤクだ」

お母《かあ》さんも「そうよ」といって、お父さんのことばにつけたした。

「森田のおばあちゃんみたいなお年寄《としよ》りは、戦争《せんそう》で食《た》べるものもない時代《じだい》を生《い》きていらしたから、今《いま》の人《ひと》たちの生活《せいかつ》は、ぜいたくに見《み》えて、もったいなく思《おも》えるのよ」

「そういうけどさ」

と、お兄《にい》ちゃんがいった。

「年寄《としよ》りだって、みんながみんな、あんなじゃないじゃないか。特別《とくべつ》だよ、あのばあさん」

そういって、お兄ちゃんは、森田《もりた》のおばあちゃんのドケチぶりをならべたてた。

お風呂《ふろ》の水《みず》を何日《なんにち》もかえないことや、道《みち》ばたの草《くさ》を食《た》べたりすること、ゴミ置《お》き場《ば》をあさって使《つか》えそうなものを持《も》ちかえることや、つぎはぎだらけのスカートのこと……。

すると、だまって聞《き》いていたお父《とう》さんが、お茶《ちゃ》をすすりながらこういった。

「八十年《ねん》も生《い》きてきた人《ひと》には、それなりの重《おも》い人生《じんせい》があるんだ。おまえたち子《こ》どもにはわからない考《かんが》えや思《おも》いがあるんだ」

「そうよ。お母《かあ》さんは、あのおばあちゃん、えらいと思うわ。セツヤクといったって、あそこまでてってていできないもの。なにか哲学《てつがく》があるって感《かん》じがするわ」

「テツガクって？」

と、ぼく。

「自分《じぶん》はこうするという信念《しんねん》みたいなものよ」

「シンネンって、なに？」

「自分の生《い》き方《かた》、わかる？　あんたみたいにボケっと生きている人《ひと》は、信念がないっていうの」

「じゃあ、お母《かあ》さんには、あるの？」

「あるわよ」

「どんな？」

と、お兄《にい》ちゃんがニヤニヤしながら口《くち》をはさんだ。

お母さんはあごをツンとあげていった。

「自分《じぶん》にきびしく、人《ひと》にはやさしく」

すると、お兄《にい》ちゃんが、ぼくの耳《みみ》もとでささやいた。

「自分にやさしく、人にはきびしく、だよな」

ぼくがクスッと笑《わら》ったら、お母《かあ》さんがイヤな顔《かお》をしてにらんだ。それから、はしをとめたまま、

「でもねぇ、いくら信念《しんねん》があってお金《かね》をためても、死《し》んでしまえばそれまでだものね」

といった。

「お金をもって天国《てんごく》へ行《い》けるわけじゃないし、私《わたし》だったら生《い》きているうちに有効《ゆうこう》に使《つか》うわ」

すると、お兄ちゃんが聞《き》いた。

「有効にって、どんなふうにさ？」

「まず、マイホームを買《か》うわ。一戸建《いっこだ》ての家《いえ》に住《す》みたいじゃないの。そ

れから、老後《ろうご》の資金《しきん》。あんたたちを当《あ》てにできないし……」

「なんだ、自分《じぶん》のことばかりじゃないか」

「じゃあ、俊一《しゅんいち》なら、どうする？」

「きゅうに聞《き》かれてもなぁ……。そうだなぁ、おれだったら、アフリカの貧《まず》しい子《こ》どもたちのために、井戸《いど》を掘《ほ》ったり学校《がっこう》を建《た》てたりするかな」

「おおーっ！」

ぼくとお母《かあ》さんは大《おお》げさに目《め》をむいた。

「いうことだけなら、だれにでもいえる」

お父《とう》さんはそっけなかった。

「そうだよ。お兄《にい》ちゃんは、赤《あか》い羽根募金《はねぼきん》だって、一回《かい》もやったことがないじゃないか」

とぼくがいうと、お兄ちゃんは「へへへ」と頭《あたま》をかいて、ぼくにいった。

「だけどさ、あのばあさんがさ、意外《いがい》にも、井戸とか学校を建てるのにお金《かね》を使《つか》ってたりしていたなんて……そんなことないか、ないな」

「ない、ない」

ぼくたちはそういって笑《わら》った。

③

森田《もりた》のおばあちゃんのお葬式《そうしき》は、団地《だんち》の集会場《しゅうかいじょう》を使《つか》って、ひっそりとおこなわれた。

会場《かいじょう》をのぞいてみると、日曜日《にちようび》なのに、お線香《せんこう》をあげに来《き》た人《ひと》は、団地の顔見知《かおみし》りの人《ひと》たちだけだった。

冷《つめ》たい雨《あめ》が降《ふ》っていたので、よけいにさびしいお葬式に思《おも》えた。

お葬式から帰《かえ》ってきたお母《かあ》さんが、お茶《ちゃ》を飲《の》みながら、

「森田のおばあちゃんって、やっぱりすごい人だったのね」

といった。

「え？　なにがすごいの？」

「献体《けんたい》なさってたんだって」

「ケンタイ？　なにそれ？」

「死《し》んだあと、自分《じぶん》の体《からだ》を医学《いがく》のために使《つか》ってもらうのよ」

ソファにねそべっていたお兄《にい》ちゃんが体をおこした。

「使ってもらうって、どういうこと？」

「大学《だいがく》の医学部《いがくぶ》の学生《がくせい》さんたちが、人《ひと》の体の仕組《しく》みを勉強《べんきょう》するために、解剖《かいぼう》するのに使ってもらうのよ」

「うへぇ！　死体《したい》を解剖するのぉ！」

ぼくとお兄ちゃんは悲鳴《ひめい》をあげた。

「聞《き》いたことがあるけど、ケンタイする人が少《すく》なくて、医学部の学生さんたちがこまっているらしいわよ。森田《もりた》のおばあちゃん、自分の体までムダにしないなんて、ほんとうにすごいわ。私《わたし》にはとてもできない」

お母《かあ》さんは心《こころ》から感心《かんしん》したようだった。

「お葬式《そうしき》のことも、全部《ぜんぶ》、前《まえ》もって葬儀屋《そうぎや》さんにたのんであったんですって。人《ひと》にめいわくをかけなくてすむよう」

お母さんは、湯飲《ゆの》みをかたづけながら、

「あなたたち、森田《もりた》のおばあちゃんがたくさん貯金《ちょきん》していたみたいにいってたけれど、貯金はあまりなかったそうよ」

といった。

それからしばらくして、三階《がい》の森田のおばあちゃんの部屋《へや》が売《う》りに出《だ》された。

ちゃんとユイゴンがあって、全部どこかの弁護士《べんごし》さんにたのんであったんだそうだ。

「部屋が売れたら、そのお金《かね》、だれがもらうのかなぁ？」

「しんせきの方《かた》がいらっしゃったら、そちらにゆくんじゃない」

「ふーん……」

あんなにセツヤクして残《のこ》したお金《かね》が、生《い》きているときにはつきあいもなかった遠《とお》いしんせきの手《て》にわたるなんて、それこそ「モッタイナイ」と、ぼくは思《おも》った。

団地《だんち》の人《ひと》たちも、森田《もりた》のおばあちゃんに同情《どうじょう》しながら、なんのためのセツヤクだったのかと、半分《はんぶん》バカにしていた。

やがて、森田のおばあちゃんの部屋《へや》が八百万円《ぴゃくまんえん》で売《う》れたという、うわさが立《た》った。どこかの不動産《ふどうさん》やさんが買《か》ったらしい。

すごい大金《たいきん》だ。これを手に入《い》れるのは、どこのだれだろうと、ぼくには関係《かんけい》ないことだけど、気《き》になった。

朝《あさ》、学校《がっこう》へ行《い》く道《みち》で、コウタくんは、

「おれ、ぜったいケチな暮《く》らしなんてしない」

といった。

「だってさ、森田《もりた》のばあさんみたいに、死《し》んじゃってからお金《かね》が入《はい》ったって、なんにもならないもん。そう思《おも》わない、ジュンちゃん？」

「思う、思う」

「道《みち》ばたの草《くさ》なんか食《く》ってお金ためても、死んじゃったらなんにもならないもんな。おれ、ぜったい生《い》きてるうちに、うまいもの食えるだけ食って死《し》ぬんだ」

「あの部屋《へや》を売《う》ったお金、しんせきかなんかの人《ひと》がもらうんだってさ」

「へー、しんせき、いたの？　あのどケチばあさんのところに、そんな人、来《き》てたぁ？」

「さぁ。あそこにお客《きゃく》さんなんて来てたのかなぁ。見《み》たことないよね」

「ない、ない」

④

それからしばらくすると、森田《もりた》のおばあちゃんのことは、もうすっかりわすれられ、みんなが口《くち》にしなくなっていた。

そんなある朝《あさ》のことだ。

食卓《しょくたく》で新聞《しんぶん》を広《ひろ》げていたお父《とう》さんが、「おっ」と、声《こえ》をあげた。

「どうしたの？」

と、ぼくが聞《き》くと、お父さんがいった。

「森田のおばあちゃんのことが新聞に出《で》ている」

「えっ、どこ、どこ？」

パンにバターをぬっていたお兄《にい》ちゃんも、

「ほんと？　新聞に、天下《てんか》のドケチばあさんのことがのってるの？」

と、身《み》をのりだし、新聞をのぞきこんだ。

新聞《しんぶん》の真《ま》ん中《なか》あたりに、四角《かく》にかこまれた記事《きじ》があり、お葬式《そうしき》のときかざってあった、森田《もりた》のおばあちゃんの顔写真《かおじゃしん》が出《で》ていた。

「お父《とう》さん、読《よ》んで、読んで」

ぼくがさいそくすると、お父さんは新聞を半分《はんぶん》にたたんで読みはじめた。

「離島《りとう》に児童書《じどうしょ》を。老婦人《ろうふじん》の願《ねが》い、海《うみ》を渡《わた》る」

と、タイトルを読んだお父さんは、声《こえ》の調子《ちょうし》を変《か》えてつぎを読んだ。

「さる五月《がつ》十日《か》に八十三歳《さい》でなくなった四《よ》ッ谷町《やまち》の森田サチさんは、これまで三十年《ねん》にわたって、匿名《とくめい》で離島の子《こ》どもたちへ、児童書を送《おく》りつづけていたことがわかった」

「トクメイ？　リトウ？」

「匿名というのは、自分《じぶん》の名前《なまえ》を名《な》のらないで、という意味《いみ》よ」

と、お母《かあ》さんがいい、

「離島ってのは、はなれ島《じま》のことだろ」

と、お兄《にい》ちゃんがいった。

「森田《もりた》さんは鹿児島県《かごしまけん》の離島出身《りとうしゅっしん》。島《しま》には図書館《としょかん》もなく、子《こ》どものころ、家《いえ》が貧乏《びんぼう》で本《ほん》が満足《まんぞく》に読《よ》めなかったサチさんは、島の子どもたちに、読書《どくしょ》の楽《たの》しみを伝《つた》えたいと、長年《ながねん》にわたって、島の小中学校《しょうちゅうがっこう》へ児童書《じどうしょ》を送《おく》りつづけていた。そのために、生活費《せいかつひ》を切《き》りつめ、節約《せつやく》に節約を重《かさ》ねていたらしい。サチさんは、資金《しきん》をたくわえ、島に小《ちい》さな図書館も計画《けいかく》していたようで、ようやくそのめどがたった今年《ことし》、自室《じしつ》で倒《たお》れ、帰《かえ》らぬ人《ひと》となった……」

ぼくたちは食事《しょくじ》をするのもわすれて、お父《とう》さんの新聞《しんぶん》を読《よ》む声《こえ》に、ジッと耳《みみ》をかたむけていた。


その朝《あさ》、コウタくんは顔《かお》を合《あ》わすなりいった。

「ジュンちゃん、ジュンちゃん、大《だい》、大、大ニュース。森田のばあさんのことが新聞《しんぶん》に出《で》てたんだよ！」

「うん、知《し》ってる」

「なーんだ、知ってたのか。びっくりだよな」

「うん、びっくりした」

「あんなことしてたなんて、ほんとにびっくりだよ」

コウタくんは何度《なんど》も「びっくり」をくりかえした。そして、

「ばあさんが声《こえ》をかけてくれたとき、遊《あそ》びに行《い》ってやればよかったな」

と、つぶやいた。

「うん……」

ぼくは森田《もりた》のおばあちゃんのしわだらけの顔《かお》を、お母《かあ》さんがいっていた「どこかヒンがある」ということばとともに思《おも》いだしていた。

⑤

森田《もりた》のおばあちゃんのことが新聞《しんぶん》にのって、二日目《ふつかめ》の土曜日《どようび》のことだ。

ぼくが居間《いま》のソファにねころんで、マンガを読《よ》んでいると、台所《だいどころ》から
お母《かあ》さんが、

「お兄《にい》ちゃんは？」

と聞《き》いた。

「知《し》らない」

「どこへ行《い》ったのかしら？　ね、ジュン、牛乳《ぎゅうにゅう》買《か》ってきてくれない。

夕《ゆう》ごはん、シチューにするから」

シチューのためならしかたがない。ぼくはお金《かね》をポケットにつっこむ
と、家《いえ》を出《で》た。階段《かいだん》をタタタッと三階《がい》へかけおりたところで、ばったり
お兄ちゃんに出会《であ》った。

「あ、お兄ちゃん！」

「お、ジュン、ど、どこ、行くんだ？」

「牛乳《ぎゅうにゅう》買《か》いに。夕《ゆう》ごはん、シチューだって。あ、お母《かあ》さんがさがしてたよ」

お兄《にい》ちゃんはなんだかそわそわしていて、ぼくの顔《かお》も見《み》ず、「早《はや》く、行《い》け、行け」

と、手《て》をひらひらさせながら、階段《かいだん》をのぼっていった。

コンビニで牛乳を買ってもどってくると、団地《だんち》の入《い》り口《ぐち》のところで、「ジュンちゃん」と声《こえ》がした。

コウタくんだった。

「どこ行ったの？」

「コンビニ」

「あとで、公園《こうえん》でサッカーしない？」

「うん、いいよ」

ぼくたちは、来週《らいしゅう》にせまった学級対抗《がっきゅうたいこう》のサッカー大会《たいかい》のことを話《はな》しながら、階段《かいだん》をのぼった。

三階《がい》まで来《き》たとき、

「あ、なに、あれ？」

と、コウタくんが声《こえ》をあげた。

コウタくんが指《ゆび》さした方《ほう》を見《み》ると、森田《もりた》のおばあちゃんの部屋《へや》のドアに、なにか白《しろ》いものが見《み》えた。

「なにかさしてあるよ」

「花《はな》か？」

ぼくたちは顔《かお》を見合《みあ》わせた。

ドアの所《ところ》まで行《い》ってみると、郵便受《ゆうびんう》けの所に、白いバラの花が一輪《りん》さしてあった。

「だれがやったのかな？」

と、コウタくんがいった。

「あのニュースを見《み》た人《ひと》が持《も》ってきたんだね、きっと」

「そうだね、きっと」

自分《じぶん》がしたことじゃないけれど、バラの花《はな》を見て、ぼくはちょっといい気持《きも》ちになった。

コウタくんもおなじ気持ちだったにちがいない。

家《いえ》へ帰《かえ》るとすぐに、ぼくは台所《だいどころ》で洗《あら》い物《もの》をしていたお母《かあ》さんにいった。

「お母さん、森田《もりた》のおばあちゃんの部屋《へや》のドアのところにね、花がさしてあったよ」

「へぇ、ほんと？　どんな花だった？」

ぼくは、それには答《こた》えず、テーブルで、もくもくとおやつを食《た》べているお兄《にい》ちゃんに聞《き》いた。

「お兄ちゃん、なんの花だったと思《おも》う？」

「わかんね……」

お兄《にい》ちゃんは気《き》のない返事《へんじ》をした。

「菊《きく》の花《はな》？」

と、お母《かあ》さんがいった。

「ちがう、白《しろ》いバラの花」

「へえ、バラの花！　いいわね」

お母さんはなんだかうれしそうにほほえんで、ひとりうなずいていた。

そこへ床屋《とこや》へ行《い》っていたお父《とう》さんが帰《かえ》ってきた。お父さんは帰ってくるなり、お母さんにいった。

「おい、森田《もりた》さんの部屋《へや》のドアに、バラの花がさしてあったぞ」

「そうですってね。さっきジュンから聞《き》いたけど、白いバラですってね。だれでしょうね。やさしい方《かた》がいらっしゃるのね」

「そうだな。新聞《しんぶん》を見《み》て、みんな、森田のおばあちゃんのことを見直《みなお》したんじゃないか」

「森田《もりた》のおばあちゃん、きっと喜《よろこ》んでらっしゃるわ」

「しかし、どうして白《しろ》いバラなんだ？　菊《きく》ならわかるけど」

お父《とう》さんは首《くび》をひねった。

「そうねぇ、なにか、意味《いみ》があるのかしら？　花《はな》ことば？」

と、お母《かあ》さんがいった。

「白バラの花ことばか？　知《し》らんなぁ」

その時《とき》、ソファにねっころがってテレビを見《み》ていたお兄《にい》ちゃんが、なにかいった。

「なぁに、俊一《しゅんいち》？」

「白いバラの花ことばは、ソ・ン・ケ・イだってさ」

「尊敬《そんけい》？」

お父さんとお母さんが同時《どうじ》にいった。

「俊一、お前《まえ》、どうして知ってるんだ？」

「ジョウシキ、常識《じょうしき》、なーんてね。おれのクラスの天才《てんさい》天野くんのことを、女《おんな》の子《こ》たちが『白《しろ》バラくん』って呼《よ》んでるんだ。わけを聞《き》いたら、『尊敬《そんけい》』だってさ」

ぼくはそのとき、ハッとして、ねっころがったままのお兄《にい》ちゃんを見《み》た。

さっき、お使《つか》いに行《い》ったとき、三階《がい》の階段《かいだん》の所《ところ》で出会《であ》ったお兄ちゃんのことを思《おも》いだしたのだ。

あのとき、森田《もりた》のおばあちゃんの部屋《へや》の方《ほう》から歩《ある》いてきたような気《き》がする。

……あの花《はな》は、もしかしてお兄ちゃん？

しかし、夕《ゆう》ごはんのとき、森田のおばあちゃんのことが、また話題《わだい》になったときも、お兄ちゃんは花のことはひとことも口《くち》にしなかった。

そして、森田のおばあちゃんのことを話《はな》すときには、相変《あいか》わらず

「ドケチばあさん」といっていた。

月曜日《げつようび》。

朝《あさ》、コウタくんといっしょに階段《かいだん》をおりる。

三階《がい》の森田《もりた》のおばあちゃんちの方《ほう》を見《み》ると、だれがやったのか、バラの花《はな》は花《か》びんにさして、ドアの前《まえ》のゆかにおかれていた。

ぼくたちは顔《かお》を見合《みあ》わせてにっこりした。

階段をおりながら、コウタくんがいった。

「あのバラの花、だれが持《も》ってきたんだろうね？」

ぼくは「うちのお兄《にい》ちゃんかもしれない」といいそうになって、あわてててことばを飲《の》みこんだ。

「あの新聞記事《しんぶんきじ》を読《よ》んで、お花を持ってきたくなったんだね、きっと」

と、コウタくんがいった。

「うん、そうだよ。きっとそうだよね」

「なんだか、うれしくない？」

うんうんと、ぼくはうなずいた。

あれがお兄《にい》ちゃんがやったことでなくても、うれしかった。お兄ちゃんだったら、もっとうれしいけど。

「お父《とう》さんがね、いったんだ」

と、ぼくはいった。

「八十年《ねん》も生《い》きてきた人《ひと》には、それなりの重《おも》い人生《じんせい》があるんだって」

「へぇー。ジュンちゃんちのお父さん、いいことというじゃない」

ぼくは自分《じぶん》がほめられたような気《き》がして、ちょっとてれた。

「八十年の人生かぁ。八十年まで、おれたち、あと七十年あるよ」

「うん。七十年もある」

「七十年あったら、おれたちも、あのおばあちゃんみたいなことができるかな？」

「たっぷり時間《じかん》があるから、ぼくたちにだって、やろうと思《おも》えばできるかもしれない」

「やろうと思えば……か。ようし、やってやろうじゃないか。な、ジュンちゃん！」

「うん！」

ぼくたちは体操着《たいそうぎ》ぶくろをブンブンふりまわしながら、タッタカターと階段《かいだん》をおりていった。

掌編

正太《しょうた》の運動会《うんどうかい》

きょうは運動会だというのに、母《かあ》さんはまだねている。
正太はねどこから手《て》をのばして、カーテンを開《あ》けて外《そと》を見《み》た。
まぶしい光《ひかり》がさしこんできた。
きょう、運動会が中止《ちゅうし》になることは、絶対《ぜったい》にない。
「母さん、おきて」
と、正太はおそるおそる母さんの背中《せなか》に声《こえ》をかけた。
返事《へんじ》はなかった。
「母さん」と、肩《かた》をゆすった。

とたん、「うるさいなぁ！」というどなり声《ごえ》とともに、まくらが飛《と》んできた。

正太《しょうた》はノロノロとおきだし、流《なが》しで顔《かお》を洗《あら》った。

それから、弁当《べんとう》を作《つく》らなきゃと思《おも》った。

夜《よる》おそく、よっぱらって帰《かえ》ってくる母《かあ》さんは、朝《あさ》もおきない。

正太はもう三日《か》も口《くち》をきいていなかった。

運動会《うんどうかい》のプリントは、二、三日前《にちまえ》からテーブルの上《うえ》においておいたから、読《よ》んでいたら、きょう運動会があることはわかっているはずだ。

ごはんは、きのうたいたのがジャーに残《のこ》っていたので、正太は弁当箱《ばこ》につめた。

おかずは……と、冷蔵庫《れいぞうこ》を開《あ》けてさがしたが、梅干《うめぼ》しとビンづめのノリと、いつのものかわからないさつまあげが一まいあった。においをかいでみたが、くさってはいないようだ。

正太《しょうた》はごはんの上《うえ》にノリを一面《いちめん》にぬり、さつまあげを三切《き》れに切ってのっけた。

……これでいいか。

おやつと飲《の》みものもほしかったが、もう一度《いちど》、母《かあ》さんに声《こえ》をかける勇《ゆう》気《き》はなかった。

去年《きょねん》も、その前《まえ》も、母さんは運動会《うんどうかい》に来《き》てくれなかった。二年生《ねんせい》のときまでは、父《とう》さんと母さん、ふたりで来てくれたのに。

父さんと母さんがケンカをするようになって、父さんが家《いえ》を出《だ》ていってから、母さんはすっかり変《か》わってしまった。

だけど、五年生の今年《ことし》、正太はリレーの選手《せんしゅ》に選《えら》ばれていたから、母さんに来てほしかった。

母さんはふとんをかぶったままねている。

正太は、出がけにプログラムのリレーのところに赤丸《あかまる》をつけて、

「おれ、選手《せんしゅ》で出《で》る」と走《はし》り書《が》きして、テーブルの上《うえ》においた。

秋晴《あきば》れのいい天気《てんき》になって、会場《かいじょう》には早《はや》くからおおぜいの人《ひと》が場所取《ばしょと》りに来《き》ていた。

やがて、にぎやかなマーチが鳴《な》りはじめ、入場式《にゅうじょうしき》が始《はじ》まった。

全校生徒《ぜんこうせいと》の体操《たいそう》が終《お》わると、すぐにかけっこが始まった。

スタートのピストルが鳴《な》るたびに、ワーッという歓声《かんせい》がわきあがる。

軽《かろ》やかなリズムにのってダンスが始まると、スマホを持《も》った父《とう》さん、母《かあ》さんが運動場《うんどうじょう》を動《うご》きまわった。

しかし、どんなに歓声があがっても、スマホがたくさんあっても、正《しょう》太《た》には関係《かんけい》なかった。

自分《じぶん》を応援《おうえん》してくれる人はだれもいない。

自分にレンズを向《む》けてくれる人はだれもいない。

正太《しょうた》は生徒席《せいとせき》にすわって歓声《かんせい》のうずの中《なか》にいながら、自分《じぶん》のまわりだけは、ぽっかり静《しず》まりかえっているような気《き》がして、ふっと空《そら》を見《み》あげた。

真《ま》っ青《さお》な空だった。

そこにひとつだけ、小《ちい》さな雲《くも》が浮《う》かんでいる。

……あ、おれみたいな雲だ……と、思《おも》った。

すると、まわりの歓声も軽快《けいかい》な音楽《おんがく》も、何《なに》も聞《き》こえなくなり、正太の心《こころ》は雲といっしょに空をただよっていた。

午前中《ごぜんちゅう》の一〇〇メートル走《そう》で、正太はすばらしい走《はし》りをみせて、トップでテープを切《き》った。だが、心ははずまなかった。

お昼《ひる》ごはんはグラウンドで家族《かぞく》といっしょに食《た》べる。正太はお重《じゅう》を広《ひろ》げている友《とも》だちの家族を横目《よこめ》に、ひとり教室《きょうしつ》へ走った。

校舎《こうしゃ》へ入《はい》ると、グラウンドのざわめきが遠《とお》くに聞《き》こえた。

正太はろうかの流《なが》しで顔《かお》を洗《あら》い、ゴクゴクと水道《すいどう》の水《みず》を飲《の》んだ。

それから、だれもいない、ガランとした教室《きょうしつ》へ入《はい》った。

自分《じぶん》の席《せき》にすわると、カバンから自分でこしらえた弁当《べんとう》を取《と》りだした。

弁当のふたをとって、ノリ弁にはしをつきさしたときである。

突然《とつぜん》、教室の前《まえ》のドアがガラッとあいた。

「お、正太《しょうた》、ここにいたのか」

担任《たんにん》の佐藤先生《さとうせんせい》だった。

「先生もここで弁当を食《く》おうと思《おも》ってな。いっしょに食おうか」

先生は正太と向《む》かいあうように机《つくえ》の向きを変《か》え、大《おお》きなつつみをドンとおいた。

「お、おまえのはノリ弁かぁ。うまそうだな。先生のと半分《はんぶん》こしようぜ」

先生はそういうと、ふろしきづつみをといた。

大きな弁当箱《ばこ》だった。卵焼《たまごや》きやからあげが目《め》に入った。

「おまえのノリ弁、半分よこせ。そのかわり、おまえの好《す》きなもの、ここから取《と》れ。さ、えんりょするな。どんどん取れ」

正太《しょうた》はからあげや卵焼《たまごや》きに手《て》をのばした。

先生《せんせい》は正太の作《つく》ったノリ弁《べん》を、うまいうまいといって食《た》べた。

「これ、お母《かあ》さんが作《つく》ってくれたのか？」

と、先生が聞《き》いた。

「おれ」

と、正太はブスッとして答《こた》えた。

「おれ？　ほお、自分《じぶん》で作ったのか。すげぇなぁ。こんな弁当《べんとう》を作れるなんて、おまえはえらい。うん、ほんとにえらい！」

午後《ごご》の競技《きょうぎ》も進《すす》んで、いよいよクラス対抗《たいこう》リレーになった。

スタート地点《ちてん》にならんでいると、正太の背中《せなか》を佐藤《さとう》先生がツンツンとつついた。

ふりかえった正太《しょうた》に、先生《せんせい》はだまって入場門《にゅうじょうもん》の方《ほう》へ目《め》をやった。
日傘《ひがさ》を差《さ》した母《かあ》さんがいた。
正太のリレーが始《はじ》まる。

さわやかな五月《ごがつ》の日曜日《にちようび》に

さわやかに晴《は》れた五月の日曜日。

こんな日《ひ》に、うちにひとりさびしくるす番《ばん》だなんて！

なんてカワイソウなボクだろう。

だけど、きょうは、お父《とう》さんもお母《かあ》さんも、口《くち》うるさいお姉《ねえ》ちゃんもいない。

自由《じゆう》だ！

お父さんたちはだれかの結婚式《けっこんしき》とかで出《で》かけ、お姉ちゃんは一日《にち》、部《ぶ》活《かつ》のテニス。このうちに、ぼくひとり。

だあれもいない。

なにをしても、だれにも文句《もんく》をいわれない。

テレビも見《み》ほうだい。

「ああ、いい気分《きぶん》！」

お日《ひ》さまのさしこむ居間《いま》のソファにねっころがって、ぼくはグーンと伸《の》びをした。

なんていい日曜日《にちようび》だ！

「十時半《じはん》か……。もう少《すこ》しこのまま……」

ぼくは幸《しあわ》せな気分にひたっていた。

と、そのとき、チャイムが鳴《な》った。

「ごめんくださーい」

という女《おんな》の人《ひと》の声《こえ》。

玄関《げんかん》に出《で》てみると、小太《こぶと》りのおばさんが大《おお》きなバッグをさげて立《た》っていた。

「どなたですか？」と、聞《き》こうとしたら、

「ああら、しばらく見《み》ないうちに、タクヤくん、ずいぶん大《おお》きくなったわねぇ！」

と、おばさんに先《さき》をこされた。

「何年生《なんねんせい》？」

「五年です」

「お父《とう》さん、お母《かあ》さんは？」

「ふたりとも結婚式《けっこんしき》で……」

「そう。いつ帰《かえ》ってくるの？」

「夕方《ゆうがた》になるとか……」

「あんたひとり？　そう。連絡《れんらく》しなかったのが悪《わる》いわね。しょうがない、まつことにするわ。あがらしてもらうわね」

と、おばさんはクツをぬぎはじめた。

「あ、あの、おばさんは、だれ、ですか？」

「あらいやだ。あんたのお父《とう》さんの妹《いもうと》のマサ子《こ》おばさんじゃないの。わすれたの？」

「はあ…」

(だからぼくの名《な》を知《し》ってるんだ)

「いいのよ。ずいぶん会《あ》ってないものね。おぼえてないのもムリないわ」

おばさんはさっさとあがりこむと、居間《いま》のソファにドシンと腰《こし》をおろした。

バッグが重《おも》かったのか、ずいぶんあせをかいている。おばさんはタオル地《じ》のハンカチであせをふきながら、

「なにか冷《つめ》たいものなーい？　サイダーみたいなシュワッとするやつ」

と、いった。

「コーラならあるけど……」

「コーラはダメなのよ。あ、ここへ来《く》るとちゅうに、マーケットがあったわね。あんた、ひとっ走《ぱし》りいって買《か》ってきてよ」

おばさんはぼくの返事《へんじ》も聞《き》かないで、さっさとサイフから千円札《せんえんさつ》を出《だ》した。

「おつりで、好《す》きなもの買っていいから」

やれやれ。だれもいない日曜日《にちようび》で、自由《じゆう》にできると思《おも》ってたのに。

でもなあ、しんせきのおばさんじゃ、しょうがないか……ぼくはしぶしぶマーケットまでサイダーを買いにいった。

冷《ひ》えたサイダーとおかしを買って、うちへ帰《かえ》ると、おばさんはさっきと同《おな》じ場所《ばしょ》でテレビをつけたまま、いねむりをしていた。

つかれたんだな、おこさないでおこうかと思ったが、サイダーがあったまってしまうので、チョンチョンとかたをつついた。

「あ、ありがとう。ねむってしもうたわ」

おばさんはサイダーをコップについで、うまそうに飲《の》んだ。

「プハーッ。ああ、おいしい！　タクヤくんも飲む？　あ、あんたはコーラか」

といいながら、おばさんはハンドバッグの中《なか》をかきまわしている。

「あら、タバコどこにやったのかしら。ないわ。このうちにはタバコないわよね？」

「うん。お父《とう》さん、すわないから」

「そうだよね。こまったわ。わたし、タバコが切《き》れるとイライラするのよ。やめなきゃねって思《おも》うんだけど、これがやめられないのよね」

「タバコなら、マーケットに売《う》ってるよ」

「あら、そう。でも悪《わる》いわよね。また行《い》ってもらうなんて」

よけいなこといっちゃったと思ったけれど、もう、おそい。

また、マーケットまで行《い》くハメになっちゃった。

マーケットへ走《はし》って、タバコを買《か》おうとしたら、

「子《こ》どもには売《う》れないの」

と、売り場《ば》のお姉《あね》さんにことわられた。

あ、そうなんだ。タバコやお酒《さけ》は、子どもには売ってはいけないきまりになっているんだ。

うちへもどって、おばさんにそういったら、

「あら、そうなの。売ってくれないの。世《よ》の中《なか》不便《ふべん》になったわね」

と、あっさりいった。

「お母《かあ》さんがいってたわよ。タクヤはとってもすなおで、勉強《べんきょう》もよくできて、ほんとにしっかりしてるって」

お母さんがそんなことをいっていたなんて知《し》らなかった。オセジでもうれしくって、つい、ニヤニヤしてしまった。

「あら、まあ。おなかがすいたと思《おも》ったら、もうお昼《ひる》じゃないの」

時計《とけい》はまもなく十二時《じ》だった。

「タクヤくんがおりこうさんだから、おばさんがごちそうしてあげる。おすし、好《す》き？」

「うん！」

「じゃあ、トク上《じょう》のおすしを取《と》ろうか。あんた、おすし屋《や》さんの電話《でんわ》、わかる？」

「わかんないけど、おすし屋さんならマーケットの先《さき》にあるよ」

「じゃあ、もうひとっ走《ぱし》りして、注文《ちゅうもん》してきてよ。トク上二人前《ににんまえ》、大至急《だいしきゅう》ってね」

トク上ずしにつられて、ぼくはまた走《はし》った。

ゆったりできるはずの日曜日《にちようび》が、こんないそがしい日《ひ》になるとは思わなかった。

まもなくとどいたトク上《じょう》ずしは、「トク上」というだけあって、いつもの「なみ」とはだいぶちがう。おばさんのおごりだと思《おも》うと、なお、うまい。

おばさんは、「おすしにはビールよね」といって、かってに冷蔵庫《れいぞうこ》をあけ、お父《とう》さんのばんしゃく用《よう》のビールを出《だ》して飲《の》んだ。食《た》べ終《お》わって、ホッとひといきついたとき、おばさんが、ポンとひざをたたいた。

「あ、わすれてた。あんたがおすし屋《や》へ行《い》ってたとき、電話《でんわ》があったのよ。あんたのクラスの……たしか「夕」のつく名前《なまえ》だったと思《おも》うけど、夕のつく名前の子《こ》、いる？」

「あ、高野《たかの》くんかな？」

「あ、その子、その子。なにかだいじな用があるから、学校《がっこう》の校門《こうもん》のところへ来《き》てって、一時《じ》に」

時計《とけい》を見《み》ると、間《ま》もなく一時《じ》だ。

いったいなんだろうと思《おも》いながら、ぼくは学校《がっこう》へ走《はし》っていった。

でも、校門《こうもん》にはだれもいず、校舎《こうしゃ》の時計は一時十分《ぷん》をさしていた。

しばらく待《ま》っていたけど、高野《たかの》くんは来《こ》なかった。

校舎の時計が一時半《はん》になった。

あと十分だけ待つことにして立《た》っていると、長《なが》いひげをはやしたおじいさんがやってきた。

ぼくをジロジロ見ている。

そして、ぼくに近《ちか》づいてきて、

「うーん。ぼうや、きみの顔《かお》にはなにかいやなソウが見えている」

なんていうんだ。そして、

「ちょっとまっすぐワシの方《ほう》を見てごらん」

と、ぼくの顔をのぞきこんだ。

「こりゃいかん。なにかよからぬことがおきておるぞ、早《はや》くうちへ帰《かえ》りなさい」

そういうと、ひげのおじいさんは、トコトコいってしまった。

(なんだ、あれ？　変《へん》なじいさん……)

けっきょく、高野《たかの》くんは来《こ》ない。

ぼくはなにがなんだかわからないまま、うちに帰った。

すると、おばさんの姿《すがた》が見《み》えない。

「おばさーん、おばさーん、どこにいるの？」

家《いえ》じゅうをさがしたが、どこにもいない。

「帰っちゃったのかな？」

キツネにつままれたような気分《きぶん》で、居間《いま》にもどると、テーブルの上《うえ》に書置《かきお》きがあるのに気がついた。

『ちょっと用《よう》を思《おも》いだしたので、出《で》かけてきます。夕方《ゆうがた》には帰ります。

五地倉佐真子』

と、ゴニョゴニョ字《じ》で書《か》いてあった。

あちこち走《はし》らされて、つかれてしまったぼくは、やっとしずかになった居間《いま》のソファにひっくりかえって、フウーッといきをついた。

そして、いつの間《ま》にかねむっていたらしい。

「タクヤ、おきなさい」

と、いう声《こえ》で目《め》がさめた。

目《め》の前《まえ》にお母《かあ》さんとお父《とう》さん。

「どなたか見《み》えたの？」

と、テーブルの上《うえ》のおすしのオケを見ながら、お母さんがきいた。

「おばさんが来《き》た。お父さんの妹《いもうと》のマサ子《こ》おばさんとかいう人《ひと》」

「マサ子おばさん？　そんな名《な》のおばさん、いらしたかしら？　ほんとにマサ子っていったの？」

「ほら、これ」

と、ぼくは書置《かきお》きを見《み》せた。

「マサ子《こ》っていったの？　ここには佐真子《さまこ》って書《か》いてあるわよ」

「えっ？　ほんとだ。でも、マサ子っていったよ」

すると、ネクタイをはずしながら、お父《とう》さんがいった。

「おれにはマサ子なんて妹《いもうと》はいないぞ。へんだな、妹の和子《かずこ》は足《あし》を骨《こっ》折《せつ》して、まだ入院《にゅういん》してるはずだが……？」

「おかしいわね。おすし、あんたが取《と》ったの？」

「おばさんのおごり」

そのとき、チャイムが鳴《な》った。

「あ、おばさんが帰《かえ》ってきた」

いそいで玄関《げんかん》に出《で》ると、そこにいたのは、おばさんじゃなくて、すし屋《や》のお兄《にい》さんだった。

「まいど。すしオケをいただきにまいりました。お代《だい》、六千円《せんえん》おねがいします」

「ろ、六千円！」

お母《かあ》さんの声《こえ》がうらがえった。

「へい、トク上《じょう》、ふたつで」

えっ、あれは、おばさんのおごりじゃなかったの？

お母さんはしぶしぶお代を払《はら》うと、ぼくを横目《よこめ》でにらんだ。

「なにが、おばさんのおごりよ」

「おい、なんだか変《へん》じゃないか。知《し》らないおばさんがやってきて、トク上ずしを食《く》い逃《に》げしたなんて。タクヤ、その人《ひと》が来《き》てから、帰《かえ》るまでのことを話《はな》してみろ」

そこで、ぼくはお昼前《ひるまえ》、おばさんと名《な》のる女《おんな》の人がやってきてから、いなくなるまでのことをふたりに話した。

「おい、こりゃヘンだ。なにかぬすまれたものはないか、調《しら》べてみろ」

と、お父《とう》さんがいいだし、ふたりは家《いえ》じゅうを調べはじめた。

「まさか…」

と、ぼくは思《おも》った。

ところが、おばさんはいろんなものをぬすんでいたんだ。さげてきた、あの大《おお》きなバッグにつめこんでいったのだ。

お母《かあ》さんのネックレスやゆびわ。それに、お母さんがこっそりためていたらしいへソクリ。

お父さんはお気《き》にいりの背広《せびろ》とコートと買《か》ったばかりのクツ……。

「おまえはいったい、なにをしていたんだ?」

と、お父さん。

そんなことをいわれたって……。

ぼくはおばさんのおせわを、ただいっしょうけんめいやっていたわけで……。

お父《とう》さんは気持《きも》ちをしずめようと、ビールでも飲《の》もうと思《おも》ったのか、冷蔵庫《れいぞうこ》をあけて大声《おおごえ》をあげた。

「あ、おれのビールまで飲んでいきやがった」

「ヘンだと思わなかったの？」

と、お母《かあ》さんがいった。

「あれこれこき使《つか》われて、おかしいと思わなかったの？　あんた、もっとしっかりしてるかと思ったわ」

お母さんにもさんざんいわれ、へこんでいると、帰《かえ》ってきたお姉《ねえ》ちゃんには「マヌケ、トンマ」を連発《れんぱつ》されるしまつ。

「でも、ぼくの名前《なまえ》を知《し》ってたんだもん」

ぼくがべんかいすると、

「バッカねぇ、あんた」

と、お姉《ねえ》ちゃんがいった。

「うちの表札《ひょうさつ》には、家族《かぞく》の名前《なまえ》が全員書《ぜんいんか》いてあるじゃない」

あ、そうかと、感心《かんしん》していると、

「あら、その人《ひと》、マサ子《こ》っていっておいて、この紙《かみ》には「佐真子《さまこ》」って書いてある。なんで自分《じぶん》の名前をまちがえたのかしら？」

書置《かきお》きを手《て》にして、お姉ちゃんは首《くび》をひねっていたが、とつぜん、

「あ、そうか！」とさけんで飛《と》びあがった。

「これはゴチソウサマって読《よ》むんだよ。倉《くら》はソウと読むから、五地倉《ごちくら》はゴチソウなのよ。佐真子の「子」は、子《ね》・丑《うし》・寅《とら》のネだから、これはゴチソウサマネだわ」

「ほんとか？」

と、お父《とう》さんは、書置きをのぞきこんで、感心《かんしん》したようにウーンとうなると、だまって、ぼくの頭《あたま》をコツンとたたいた。

お母《かあ》さんは「まあ、にくったらしい！」

といって、ぼくをにらんで、

「あんたって、お人《ひと》よしもいいところね」

といった。

すると、お姉《ねえ》ちゃんが、お母さんをなぐさめるように、こういった。

「だけどさ、だます人よりだまされる人の方《ほう》がいいじゃない、お母さん」

「そうだわね。そうとでも思《おも》わなきゃね」

と、お母さんはためいきをついた。

「そうよ。タクヤは救《すく》いようのないトンマだけど、まあ、そこがあんたのいいところかもね」

お姉ちゃんはそういって、ぼくのかたをポンとたたいた。

こうして、五月《がつ》のさわやかな日曜日《にちようび》は、「お人よしでトンマ」なぼくのせいで、「トホホな一日《にち》」になってしまったのだった。

その夜《よる》、ぼくはねどこできょう一日《いちにち》のできごとを思《おも》いかえしていた。

われながら、じつに見事《みごと》にだまされたものだ。

なぜあんなに見事にだまされたのだろう？

ぼくが「お人《ひと》よし」だからなのか？

お姉《ねえ》ちゃんだったら、だまされなかったのだろうか？

失敗《しっぱい》しないだろうなぁ、あのしっかり者《もの》のお姉ちゃんなら。

ということは、やっぱり、ぼくは、「お人よしでトンマ」だってことか……。


それから二か月《げつ》ばかりたった、七月《がつ》のある日《ひ》のことだ。

お姉ちゃんは、学校《がっこう》のなんとか記念日《きねんび》とかで休《やす》みだった。

お父《とう》さんは会社《かいしゃ》、ぼくも学校、お母《かあ》さんは、お姉ちゃんがるす番《ばん》をするというので、電車《でんしゃ》にのってデパートへ買《か》い物《もの》に行《い》った。

お姉《ねえ》ちゃんが、お母《かあ》さんにたのまれた部屋《へや》のそうじや、庭《にわ》の草花《くさばな》の水《みず》やりをすませて、ホッとひといきついていると、チャイムが鳴《な》ったんだそうだ。

玄関《げんかん》のドアをあけると、ずんぐりむっくりのおばさんが、両手《りょうて》に大《おお》きな荷物《にもつ》をさげて立《た》っていた。

「あら、サッちゃん、大きくなったわね！」

「あのー、どちらさまで……？」

「あら、あんた、わたしをわすれたの？」

おばさんはあきれたという顔《かお》をして、体《からだ》をゆすって笑《わら》った。

「和子《かずこ》よ。お父《とう》さんの妹《いもうと》の和子おばさん。わすれたの？」

和子おばさんの名前《なまえ》はおぼえている。ずっと前《まえ》に、親戚《しんせき》の集《あつ》まりで会《あ》ったこともある。でも、ちょっとあいさつしたくらいで、あまり記憶《きおく》になかった。

……こんなに太《ふと》った人《ひと》だったかな？　とは思《おも》ったものの、お姉《ねえ》ちゃんは、

「あ、和子《かずこ》おばさん！」

と、あいそ笑《わら》いでごまかし、あがってもらった。

「あー、あつい、あつい」

と、いいながら、おばさんは、居間《いま》のソファにドシンと腰《こし》をおろし、タオル地《じ》のハンカチで首《くび》まわりのあせをふきながら、

「なにか冷《つめ》たいものなーい？　サイダーみたいなシュワッとするやつ」

と、いった。

「コーラならあるけど……」

「コーラはダメなのよ。あ、ここへ来《く》るとちゅうに、マーケットがあったわね。あんた、ひとっ走《ぱし》りして買《か》ってきてよ」

そのセリフを聞《き》いて、お姉ちゃんはハッとしたという。

……あ、タクヤの話《はなし》とおんなじ！

五月《がつ》にぼくがひどい目《め》にあった、あのサギ女《おんな》の事件《じけん》がうかんだ。

……ひょっとしたら、この人《ひと》！

と、お姉《ねえ》ちゃんは思《おも》ったそうだ。

……サギ女・五地倉佐真子《ごちそうさまね》かもしれない！

おばさんはお姉ちゃんの返事《へんじ》も聞《き》かないで、さっさとサイフから千円《えん》札《さつ》をつまんで、

「はい、おねがい」

と、いった。

お姉ちゃんはサイダーを買《か》いに行《い》くと思《おも》わせて、サンダルをつっかけると、外《そと》へ出《で》て考《かんが》えた。

すぐに駅前《えきまえ》の交番《こうばん》へ走《はし》るべきか……と。

……だが、まてよ。ほんものの和子《かずこ》おばさんだったらたいへん。

そう考えなおし、お姉ちゃんはサイダーを買いにマーケットへ走った。

冷《ひ》えたサイダーを買《か》って帰《かえ》ると、おばさんはさっきとおなじ場所《ばしょ》でテレビをつけたまま、いねむりをしていた。

つかれたんだな、おこさないでおこうかと思《おも》ったが、サイダーがあったまってしまうので、チョンチョンとかたをつついた。

「あ、ありがとう。ねむってしまったわ」

おばさんはサイダーをコップについで、うまそうに飲《の》んだ。

「プハーッ。ああ、おいしい！　サッちゃんも飲む？　あ、あんたはコーラ？」

「え、ええ。冷えた麦茶《むぎちゃ》がありますす」

「あら、まあ。おなかがすいたと思ったら、もうお昼《ひる》じゃないの」

時計《とけい》はまもなく十二時《じ》だった。

「ひさしぶりだから、おばさんがごちそうしてあげる。サッちゃん、おすし、好《す》き？」

「は、はい！」

「じゃあ、トク上《じょう》のおすしを取《と》ろうか。おすし屋《や》さんの電話《でんわ》、わかる？」

「トク上のおすし」と聞《き》いて、お姉《ねえ》ちゃんはドキッとした。

……これもおんなじ！　まちがいない。この女《おんな》、あの五地倉佐真子《ごちそうさまね》だわ！

お姉ちゃんは確信《かくしん》した。

「注文《ちゅうもん》してよ。トク上二人前《ににんまえ》、大至急《だいしきゅう》って」

「で、電話がわからないので、近《ちか》いから行《い》ってきます」

お姉ちゃんはそういって家《いえ》を出《で》ると、駅前《えきまえ》の交番《こうばん》へ走《はし》った。

「た、たいへんです。うちに五地倉佐真子じゃない、さ、サギ師《し》の女が来《き》ています！」

と、さけびながら飛《と》びこんだ。

お姉ちゃんから事情《じじょう》を聞いたおまわりさんは、お姉ちゃんといっしょに交番《こうばん》を飛《と》びだした。

ふたりが走《はし》って駅前《えきまえ》を通《とお》りすぎようとしたときだった。

「サチ子《こ》！　サチ子、どうしたの？」

と、大声《おおごえ》でお姉《ねえ》ちゃんの名《な》を呼《よ》ぶ声《こえ》。

ふりかえると、駅の改札口《かいさつぐち》から出《で》てきたお母《かあ》さんだった。

「あ、お母さん！　たいへん、たいへん！」

「どうしたの、なにかあったの、サチ子？」

「また、来《き》てるの、あのサギ女《おんな》！」

「えっ？　サギ女？」

「ほら、ずっと前《まえ》にタクヤがだまされた女よ。トク上《じょう》のおすしを取《と》って、いろいろぬすんでいったあいつよ！」

「えっ、ほんと？」

そりゃたいへんと、ふたりはおまわりさんをつれてうちへいそいだ。

うちへつくと、まず、おまわりさんが、そうっとドアをあけ、

「ごめんください」

と、家《いえ》の中《なか》へ声《こえ》をかけた。

「はい、はい」

といいながら、あの女《おんな》が出《で》てきた。

そのようすをドアのかげからのぞいていたお母《かあ》さんが、すっとんきょうな声をあげた。

「あら、お姉《ねえ》さん!」

「あ、ヤエ子《こ》さん。おじゃましてまーす」

と、その女。

「え、えっ?」

おまわりさんはキョトンとして、ふたりのおばさんの顔《かお》をキョロキョロ見《み》ながらつぶやいた。

「ど、どういうことですか、これ？」

夜《よる》になって、おばさんとお母《かあ》さんが、笑《わら》いながらお父《とう》さんに報告《ほうこく》すると、お父さんはあきれたという顔《かお》で、お姉《ねえ》ちゃんにいった。

「まったく！　姉弟《きょうだい》そろって、おっちょこちょいだとは。タクヤのこと、笑えんぞ」

お姉ちゃんはぼくの方《ほう》を見《み》て、ペロッと舌《した》を出《だ》した。

と、いうわけで、ぼくがこのうちで一番《いちばん》のお人《ひと》よしでおっちょこちょいだという「汚名《おめい》」はそそがれたのだった。

あとがき

「ありがとう　そして　さようなら　児童文学」

　私の人生の前半は障碍児との教師生活でした。初めて接した障碍児たちは私に多くのことを教えてくれました。それらを要約すれば、「自己の存在を是とするなら、他の存在も是としなければならない」ということと「人間社会は相互扶助で成り立っている」ということでした。障碍児の存在が私に教えてくれたこのことは、私の人生観の根底になりました。

　私は、また、そこで妻となる艶子と出会い、結ばれ、二人の子どもを授かりました。妻は二人の子供を抱えながら教師として働きつづけ、病弱だった私を支えてくれました。おかげで、二人の子どもは、親の想いを汲んで育ち、社会人として立派に生きています。

厄年で大病し、障碍者(腎疾患)となって職を辞した私に「生きる力」をあたえ、人生の後半を充実したものにしてくれたのは、「児童文学」でした。灰谷健次郎の『兎の眼』に触発されて、児童文学の面白さに魅かれた私は、児童文学者協会で学び、作品を書き始めました。五十歳から始まった透析生活を背負いながらの不安な創作活動でありましたが、処女作『ぼくのお姉さん』が高い評価を受け、幸運なスタートを切れました。

これは、私の作品を最初に評価して下さった砂田弘先生と、名もない新人の作品を出版にふみきってくださった偕成社の相原法則氏のおかげでした。その後、コツコツと書いていって、ある程度の作品を残すことができたのは、読者、先輩諸氏の励ましや助言、文学仲間や出版社の編集者諸氏の助言や支えがあったから成しえたことです。

子どもたちに「希望と勇気と夢をあたえる」児童文学は、私自身にもそれをあたえてくれました。その私も年老いて、もはや子どもたちへあたえられるものがなくなってしまいました。ここいらがペンを置く時かと思い、この本を最後に児童文学に「さようなら」しようと思います。

この作品集に取り上げた作品は、ついに出版されなかった作品たちで、いつか陽の目を見せてやりたかったのですが、それがかなわなかったので、この最後の作品集に収めてやりました。この作品集を作るにあたっては、国土社のみなさんに多大のご尽力いただきました。心から感謝いたします。

それでは、みなさん、そして　児童文学、ありがとう　さようなら。

二〇二四年　八十三歳の夏　　藤野にて

丘　修三

作品初出一覧

「おへそ」　読売新聞夕刊
「あめあめ　ふれふれ」　ばやし月例会　二〇二〇年
「トンネルほり」　ばやし月例会　二〇二三年
「コンタとタロキチ」　第Ⅱ期「ばやし」8号　二〇一一年
「兄さんの声」（「碑」改題）　第Ⅱ期「ばやし」5号　二〇〇八年
「宿題」　ばやし月例会　二〇二二年
「タケシは知らない」　第Ⅱ期「ばやし」9号　二〇一二年
「音あてごっこ」　第Ⅲ期「ばやし」4号　二〇一九年
「一輪の白いバラ」　ばやし月例会　二〇二〇年
「正太の運動会」　ばやし月例会　二〇二二年
「さわやかな五月の日曜日に」　第Ⅲ期「ばやし」2号　二〇一七年

丘《おか》　修三《しゅうぞう》（本名・渋江孝夫《しぶえたかお》）

1941年生まれ。幼少期を熊本の田舎で過ごす。東京教育大卒業後、付属養護学校に赴任。以後、都立養護学校等で25年間障碍児教育に携わる。1986年ペンネーム丘　修三の名で短編集『ぼくのお姉さん』（偕成社）発表。日本児童文学者協会新人賞、坪田譲治文学賞、新見南吉文学賞受賞。91年病気により退職、作家生活に入る。主な作品に『少年の日々』（偕成社・小学館文学賞）『口で歩く』（小峰書店・ニッポン放送賞）『福の神になった少年』（佼成出版社）『神々の住む深い森の中で』（フレーベル館）『兄ちゃんが逝く』（岩崎書店）『ぼくの人生』（ポプラ社）『みつばち』（くもん出版）『チエと和男』（国土社）『けやきの森の物語』（小峰書店）ほか多数。

丘　修三 児童文学作品集

著者
丘　修三

2024年 9 月 10 日初版 1 刷発行

装丁・石山悠子

発行所
株式会社 国土社
〒101-0062　東京都千代田区神田駿河台2-5
電話 03-6272-6125　FAX 03-6272-6126
http://www.kokudosha.co.jp
印刷　モリモト印刷株式会社
製本　株式会社難波製本

ISBN978-4-337-33125-9　C8391